Vrouwentongen

Uitgever: Compaan uitgevers, Maassluis
Eerste druk: augustus 2008
ISBN: 978-90-806270-6-2

Vrouwentongen

Marinet Haitsma

Compaan
UITGEVERS

2008

Wat zocht ik met dat graaien naar de sterren en de zon?
Misschien alleen maar het verlies.

voor J.

Later

Ik ken je nog maar net, Max, en nu al val je weg. De nacht is lang maar ooit wordt het ochtend. Ze zullen van alles over me beweren. Wees voorzichtig met wat je gelooft; geloven maakt mensen gek. Luister naar je eigen stem, hoe sprakeloos je soms ook zult zijn.

Jij en ik hebben springstof onder de leden. Dat is weleens onhandig, maar toch moet je springen. Er is niets fijner dan de sprong in het onbekende. Vreemd genoeg weet je dat pas wanneer je het doet. Blijf springen, Max, zelfs als het weer gaat bloeden. En wat ze ook zeggen: ik hou van je, zo erg dat ik de nooduitgang zocht. Liefde – of het verlangen ernaar – brengt ons nu eenmaal ook bij het monster.

Maar we krijgen altijd een tweede kans. Lang geleden was ik bang. Bang voor de dag waarop alles stopt. Een vriendin zei: het leven is taai, het leven wil geleefd worden. Volgens mij is het andersom: het leven leeft zich dood en hoe meer we leven, hoe doder we gaan.

Lieve Max, helaas trof jij precies zo'n moeder die zich dood leeft. Tegen de storm in. Maar we zullen elkaar spreken.

Erik komt zo. Het is tijd dat ik vertrek.

Privéles

Ik was te labiel om mijn kind te verzorgen: toen ik het vonnis hoorde, moest ik lachen. Daar kan ik niks aan doen; onze familie lacht altijd op het verkeerde moment. Als anderen in tranen uitbarsten, beginnen wij te schateren. Mijn vader gierde het uit op de begrafenis van zijn moeder.

De rechter boog zich over haar papieren naar onze tafel en verklaarde de scheiding officieel. Het was verstandig dat ik de TOOM – de Tijdelijke Ontheffing Ouderlijke Macht – ondertekend had, zei ze. Eén handtekening was voldoende om je gek te laten maken. Er zou een overgangsperiode komen. Alles hing af van mijn toestand. Daar voorzag de regeling in.

De regeling voorzag in alles, begreep ik nu. Over een paar maanden zouden ze met Erik praten. Overleggen met de Centrale, Luc consulteren over mijn psychische toestand.

'Begrijpt u dat?' vroeg ze luid.

Ik verslikte me en telde de kleine bovenramen – twaalf – waar het zonlicht doorheen kierde. De muren van de oude zaal sloten me in. Tussen de tafels liep de griffier op en neer, zijn schoenen piepten op het parket. Achter me kuchte de zaalwacht. De kroonluchter hing als een hoed boven mijn hoofd. Te labiel.

Toen sloeg de rechter met haar hamer. Mevrouw S., mijn advocate, schikte haar kapsel en duwde me opzij. Erik liep triomfantelijk de zaal uit. Mevrouw S. legde haar hand op mijn schouder. 'Het kon erger,' zei ze. 'Ze was mild.'

Ik liep achter haar oranje haardos aan. Mijn knieën trilden toen ik het bordes afdaalde. Nu was ik een moeder met-zon-der-kind. Aan de overkant van de singel woonde Luc met zijn gezin. Hij was dichterbij dan ooit – maar onbereikbaar. Het februarizonnetje schitterde koud en gaf het gras een harde glans. De tram remde af voor de ganzen die altijd op de rails lagen te zonnen. Ze klapwiekten en duwden hun jongen naar het water.

Erik groette me met een grijns: 'Je hoort nog over de bezoekregeling.'

De bezoekregeling. Ik dacht aan de laatste keer dat ik Max zag, toen we gedag zeiden en hij zich probeerde los te maaien uit zijn vaders armen. En hoe ik loog dat dit een spelletje was. Alles lijkt leuk zodra je het een spelletje noemt. Hoe hij met gespreide armpjes, als helikopterwieken, de auto in ging.

'Je zult misschien mensen aan de telefoon krijgen,' zei mevrouw S.. 'Je hoeft daar niet op in te gaan. Je kunt je mobiel een paar dagen uitzetten.'

Ik kreeg nooit telefoontjes.

'Doe wat ik zeg, Josha,' zei ze. En ze stapte op haar fiets en zwaaide.

Ik mompelde bedankt en liep naar mijn fiets. Zelfs het kinderzitje had hij al meegenomen.

***

Als je moeder wordt, begin je overnieuw. Net als je baby leer je ademhalen, dingen vastpakken, zitten, kruipen, lopen. Je begint opnieuw te kijken en de gewoonste dingen zijn een wonder. De wereld is een wonder. Ik werd moeder en keek ook om me heen. Was dit mijn huis? Mijn man? Had ik hier al die jaren gewoond? Ik ging nog beter kijken en werd stil. Hoe harder Max huilde, hoe stiller ik werd. En de stilte werd een explosie, zoals vuurpijlen soms een oorlog worden. Erik en ik maakten geen ruzie. We zwegen, dat is ook een vorm van oorlog. Mijn explosie eindigde met het tafelkleed dat door de lucht vloog, met de ontbijtboel erop. Een vliegend tapijt maar dan anders. De hagelslag en de jam en de koffie vielen op het hoofdje van Max. Die keek ons met grote ogen aan en begon te huilen. Ik tilde hem uit de kinderstoel, viste klappertandend de glasscherven uit zijn pluishaar en lachte: 'Het komt goed.'

Daarna is het een kwestie van wie de beste advocaat heeft. Erik bleek de afsprakenkaartjes, kwitanties en evaluaties van psychologen en therapeuten de laatste jaren verzameld te hebben. En Erik maakte foto's. Hij maakte ook een foto van de ontbijtboel op Max' hoofd. De rechter vond dit voldoende bewijs. U moet eerst tot rust komen, had ze gezegd. Daarna zou zaak JL3051/TOOM-004, zoals mijn kind nu heette, heropend kunnen worden.

Met een kind moet je opnieuw beginnen, maar zonder kind nog meer. Ademen, kruipen, lopen, rennen. Met dat rennen ben ik onlangs pas begonnen.

De eerste dagen was ik om vijf uur wakker en wachtte ik op het gehuil van Max. Toen tot me doordrong dat de stilte geen toeval was, draaide ik me om en sliep weer in. Het huis bleef stil. Ik sloopte zijn balkonideeën en plantte nieuwe zaadjes in bakken en potten. Ik verwijderde het kunstgras en verfde de betonnen vloer geel. Mijn overbuurman uit Rusland hing over de reling en keek goedkeurend op me neer. Ik kroop op mijn knieën over het beton en smeerde alles in met betonverf. Geel is een vrolijke kleur. Aan het eind van de dag waren mijn knieën geschaafd. De overbuurman floot. Hij stak zijn duim op, ik rookte een sigaret, en we keken allebei een tijd voor ons uit.

De rest van het huis nam ik in de weken daarna onder handen. Alles wat onrustig was, gooide ik in vuilniszakken naar buiten. Zijn sportschoenen en de dokaspullen. De foto's van blote vrouwen. Zijn insectenverzameling, waarvan vooral de wolfsspin uit Thailand me doodsbang maakte, het leek of hij elk moment uit het lijstje kon springen. Ik dook in de kasten. Tussen fotonegatieven en tennisrackets vond ik flarden van zijn notities. Het ging om Hildes lichaam, schreef hij. Hij wilde niet van mij scheiden – maar hij viel voor haar borsten. Ik dacht terug aan de middag dat ze hier op kraambezoek zat. Ik gaf Max de borst, hij zoog als een kalfje. Ondertussen spraken zij gedempt en lachten. Hij bracht Hilde naar de trein en ik vroeg me nu af of dat vanwege haar borsten was.

Na een tijdje werd het huis rustig. Vooral het kamertje van Max, waar de zilvermeeuw roerloos voor het raam hing en de harlekijn met slaapliedjes slap in het bedje lag. De kinderstoel bij de eettafel bleef schoon. Ik had ook minder vuile was. Toch zijn er veel dingen die je niet meteen in de gaten hebt; je bent gescheiden maar je leeft verder als echtgenote.

Degene die me daarop attendeerde, was Marakech.

***

Marakech – wat niet haar echte naam is – wilde Nederlandse les. Maar ze kon niet naar buiten. Dat kreeg ik te horen; de Centrale vroeg of ik nog tijd over had.

Ik had in die buurt nog een groepje.

'Nee,' zei de Centrale, 'dit is een leerling-aan-huis project. En het moet helemaal privé blijven.'

'Privé is lastig,' zei ik, 'vanwege het gebrek aan groepsproces.' Ik had geen enkele ervaring met privé maar dat wisten ze niet.

En, werd me verzekerd, Marakech zat al op niveau 3; het was een kwestie van finesse. Dat ze gezakt was, kwam door de omstandigheden. Of ik het wilde proberen, ze konden echt niemand anders krijgen omdat alle vaste krachten ziek waren.

Het is een feit dat veel mensen zakken vanwege de omstandigheden. Ik doorzocht de laatste dozen met Eriks spullen. Hoe leger het huis werd, hoe meer ik huilde. Het was alsof ik hem nu pas leerde kennen. Sommige dingen zijn niet te vatten, je kunt er niet bij. Zo is het ook met sommige dozen. Misschien moest ik er afblijven. Ze achter het gordijn op zolder laten staan.

De eerste ochtend was ik weer om zes uur op. Maar ik hoefde Max niet meer naar de kinderopvang te brengen. Je houdt zoveel tijd over, zonder kind. Ik schoof de kinderstoel tegen de muur, drapeerde er een kleed over en zette de kamerlinde erop.

Ik belde voor niets bij Marakech aan; de gordijnen zaten dicht en het huis bleef stil. Het was in West, een afbraakbuurt; er was heel wat aan verspijkerd maar het bleef een afbraakbuurt. Naast elke voordeur hing een witte bol, een Opzoomerlamp, tegen inbrekers. Om de paar deuren stond een bak viooltjes, of wat er van over was, en bij één gevel hingen plastic bloemen. Op het pleintje stonden bankjes en een wipkip. Ik heb nog nooit een kind op een wipkip gezien. Het uithangbord van het buurthuis meldde dat de koffie klaarstond en dat er nieuwe cursussen begonnen. Maar de deur van Marakech bleef dicht. Ik belde met de Centrale en vroeg of het adres klopte. Reinout zei dat het klopte.

'Ze doet niet open,' zei ik.

'Shit,' zei Reinout, een van de geduldigste consulenten, 'wacht nog heel even. Om half tien mag je naar huis. Je kunt de uren declareren.'

Hij wilde het mobiele nummer niet geven. Waarschijnlijk deed ze niet open omdat het gevoelig lag. Ik liep naar het pleintje en rookte een sigaret. Verderop in de straat hoorde ik gegalm van schoolkinderen. Ik werd duizelig van de sigarettenrook. Zou Erik Max naar het dagverblijf brengen? Dacht hij aan het schrift voor de juffies, het schrift waarin we schreven hoe goed Max at en dronk en sliep, en de sneeuwbeer die overal mee naartoe moest? Af en toe tufte een auto voorbij. Een enkele voetganger. Steeds als er mensen langsliepen, zag ik een man met bretels zijn huis uit komen, een paar deuren verder. Een brede man, groot hoofd, grijs plukkerig haar. Zo te zien kende hij iedereen.

Huisnummer 26 maakte me chagrijnig. De achterkant van gordijnen, die je als voorbijganger ziet, is treurig. Je vraagt je af hoe mensen het uithouden. Ik liep een rondje over het plein en stak over naar het buurthuis. De man met de bretels kwam zijn voordeur uit. In het buurthuis was het warm en muf. De koffie was zelfbediening. Het leek een bolwerk van activisme. Posters en werkgroepen, bezemploegjes en buurtwerkers, krantenberichten; alles hing in collages aan de muur. In het keukentje was een jongen zes thermoskannen aan het uitspoelen, terwijl hij Indiase gezangen reciteerde. Bij de balie zat een man de krant te lezen.

'Loopt het met de cursussen?' vroeg ik.

'Welke cursussen,' zei de man terwijl hij doorlas.

Ik wees naar het rooster aan de wand; huiswerkbegeleiding, naailes voor vrouwen, conversatieles niveau 1, schrijfvaardigheid halfgevorderden, Windows voor beginners.

'Dat moet je aan Peet vragen. Die gaat erover.'

Ik knikte.

'Maar Peet is ziek,' zei hij en ging door met zijn krant.

Ik bedankte voor de gastvrijheid en ging weer naar buiten. Meteen ging bij de dikke man de deur open en hij leunde tegen de deurpost. Zijn ramen waren zwart geverfd. Ik slenterde terug naar het huis van Marakech. Nog een keer aanbellen en dan was het mooi geweest. Geen gehoor, oké, best, naar huis. De man volgde mij: ik voelde zijn ogen in mijn rug. Toen ik terugliep naar mijn auto, vlakbij zijn voordeur, zei hij: 'Iz die aut fan u.'

Wat stond hij daar nou, in zijn te korte spijkerbroek, de klompen met bagger, de bretels en het pluizige haar. Ik draaide het portier open en legde mijn tas achterin.

'Is dat uw auto?' vroeg hij nogmaals.

'Ik geloof van wel.'

'U staat niet netjes geparkeerd, hein.'

'Pardon?'

'Uw bumper, voilà, die staat bijna tegen de Onda.' Hij ritste met zijn duimen langs de bretels.

'Nee?' vroeg ik. 'Niet goed geparkeerd?' Voor mijn auto stond een Honda en er zat een halve meter tussen.

'Bon, c'est ça, niet goed. Ik wijs u erop, omdat. De volgende keer.'

Ik voelde het dynamiet. Dynamiet is zoiets als lachen op de begrafenis van je moeder. Ik staarde de Fransman aan. Sommige mensen hebben niks meer te doen, ze staan erbuiten. Dan leggen ze briefjes onder je ruitenwisser, tikken op je raam, posteren zich wijdbeens op het trottoir alsof het leger eraan komt, en houden de hele dag alles in de gaten, zelfs als er niets is, of juist dan, want je weet maar nooit.

'Verder nog iets?' vroeg ik.

'Zeker. Luister. U was bij de numéro 26?' Hij wreef door zijn stoppels.

Ik wachtte.

'Ziet u, ik wil u waarschuwen. Die vrouw, die nummer 26...'

Ik stak mijn hand op. 'Ik heb haast.' Beleefd blijven, dacht ik. Beleefd zijn, ja, maar wat is dat, misschien was híj beleefd. Ik sprong in mijn auto en sloot snel het portier. Bij het uitrijden schampte ik een paaltje.

***

Telefoontjes. Mevrouw S. had gelijk dat ik beter niet kon opnemen.

Mijn moeder belde met tips voor vlekken in het kleed, maar ze wilde niet langskomen, ik moest het nu zelf maar oplossen. 'Erik is toch zo aardig. Ik heb hem net gebeld. We kunnen er niet over uit hoe je dit in de soep laat lopen.'

Ik slikte. 'Hoe is het met Max.'

'Ik hoorde hem huilen, dus hij leeft,' zei ze.

'Natuurlijk leeft hij. Hij is bij zijn vader.'

'Schatje, ik ga niet weer die discussie in.' Ze spoelde haar mond met thee. 'Zo'n rechter weet heus wat hij doet.'

'Het was een zij.' En volgens mevrouw S. was dat in ons voordeel.

'Werkelijk? Wat gek.' Ze had nog nooit een vrouwelijke rechter gezien. 'Bestaan die? Nou, in dat geval.' Ik moest groene zeep kopen, dat werkte het beste.

Mijn vader schreeuwde door de hoorn dat hij het fantastisch vond hoe wij de zorg verdeelden. Geweldig. Uitstekend dat de man het kind kreeg toegewezen. 'Ik ben trots op je.

Kom je vanavond eten? Ik maak spaghetti al mare.' Hij wist dat ik niet van zeedieren hield.

Ik kocht groene zeep en boende de wijnvlekken uit het kleed voor de kachel. Toen er geen telefoon meer kwam, belde ik zelf iemand. De hypnotherapeute. Eerst verbrak ze de verbinding. Ik belde nog eens. Ze zei dat er een storing was. Ik vroeg of de stekker er goed in zat. En of we alsjeblieft een afspraak konden maken.

'Ik kan je niet helpen,' zei ze. Ze was oud, ze had er genoeg van. 'En dat gezeur over je scheiding ken ik nou wel.'

Ik begon te giechelen, de tranen sprongen me in de ogen. 'Waar moet ik heen.'

'Zoek iemand anders. De straten zijn geplaveid met therapeuten.'

'Maar ik ben mijn kind kwijt!'

'Ik was een lastig kind,' kraste ze. 'Mijn ouders zijn nog steeds blij dat ze me kwijt zijn.' Ze was zevenenzeventig. Soms liet ze me op de stoep staan, soms nam ze drie uur de tijd, soms wist ze mijn naam niet meer.

Ze hoestte. 'Laat je psycholoog het oplossen.' Bij mij vond ze hypnose zinloos.

Ik beende door de kamer en riep terug dat ik niks met haar ouders te maken had. Ze kon me niet zomaar op straat gooien. En dat ze Luc erbij haalde!

Er klonk een lange zoemtoon als antwoord.

Daarna kreeg ik een telefoontje van Hilde. Ze was getuige geweest op ons huwelijk. Ze was van alles getuige geweest; ze hielp bij de bevalling, bij het huishouden, bij de boodschappen. Eigenlijk was zij de vrouw van Erik geweest, dacht ik. Ze vroeg hoe het ging, en of ik al rustiger was.

'Zo kalm als een boeddha.'

Ze had voor Max en Erik gekookt, omdat het zielig was,

die twee mannen alleen. Ze vond hem een ideale vader.

Nu verbrak ik de verbinding. Ik wilde niet weten wat er in zijn laatste doos met oude spullen zat. Ik belde het grofvuil en smeet zijn restanten de volgende ochtend op straat. Daarna ging ik naar het kantoor van mevrouw S. om mijn kansen te bespreken.

'Zo goed staan we er niet voor,' zei ze terwijl ze mijn dossier doorbladerde. 'Hoe vaak was je ook alweer ontslagen?' Ze trok een stapeltje papieren uit de map. 'Ze gaan je werkgever benaderen.'

'Mag dat zomaar.'

'Jij moet zorgen dat je nu met iets goeds komt. Heb je iets lopen?'

Ik dacht aan Marakech. 'Een speciaal traject.' Ik kreeg het benauwd van het idee dat ik bij haar thuis ging werken. Het voordeel van schoolgebouwen is dat je snel weg kunt.

Mevrouw S. knikte. Ik had moeite met luisteren want ik werd afgeleid door de ontelbare strorode haren die als een waaier uit haar hoofd staken. 'Maak er het beste van. Geef jezelf helemaal. Dan zijn ze tevreden.' En als dat een beetje liep, konden we een eerste proefbezoek regelen. Alles draaide om mijn werk. Ze bekeek nog eens hoofdschuddend de ontslagbewijzen.

'Het ligt niet aan mij,' zei ik. 'Schoolbesturen zijn zo star.'

'Akkoord.' Ze nam me onderzoekend op. 'Ben je nog in therapie?'

Ik vertelde dat ik klaar was bij de hypnotherapeute. Ik redde me wel; collega's waren een steun en toeverlaat, mijn ouders stonden voor me klaar, verder een beetje wandelen door het park, wat frisse lucht. En natuurlijk accordeon spelen.

Mevrouw S. bestudeerde nog altijd de ontslagpapieren.

'Waar ik nu werk, daar zijn ze heel tevreden,' vertelde ik. Er was werk in overvloed, zoveel dat ik het amper kon bijbenen.

'Goed zo,' zei ze met een knikje, 'een sterk punt.'

* * *

Marakech was mijn sterke punt. Ik heb ontzettend veel ervaring met lesgeven. Lesgeven aan buitenlanders. Migranten, nieuwkomers, medelanders: ik doe alle niveaus. Ik krijg de meest verlegen mensen aan de praat. Tot ze niet meer ophouden, niet meer te stuiten zijn. Lesgeven zit me in het bloed.

Dat er volgens mevrouw S. zoveel ontslagbewijzen in mijn dossier zaten, leek me overdreven. Ik was bij een paar scholen weggegaan. En ik was, om mij onduidelijke redenen, bij een aantal werkgevers langdurig in de ziektewet geraakt. Je wordt ziek van de gebouwen; betonnen kerkhoven waar geen raampje open kan. Docentenkamers waar je geen collega ziet. Wolkenkrabbers met volautomatische luchtsystemen waar je nog geen shaggie roken mag. Met trappenhuizen zo hoog dat de pauze voorbij is tegen de tijd dat je de binnentuin hebt bereikt. Niet te doen. Maar om het ontslagbewijzen te noemen.

Nu liep alles goed. Ik was stabiel als een eik; als ik de kluts kwijt was, zou ik nooit een TOOM hebben ondertekend. Bij de Centrale liep het goed. Het ene groepje schoot op. En nu kwam Marakech. Als de kinderbescherming ging bellen met de Centrale, hoorden ze dat het lekker liep; ik meldde me nooit meer ziek. De Centrale wist niets over mijn dagen bij het Meerdinckcollege, toen de directeur me nariep dat ik 'mijn carrière kon vergeten als ik zo met mensen bleef omgaan'. Geen woord over de misverstanden in Oud-Charlois, waar ik mijn verklaring van goed gedrag kwijtraakte. De kinderbescherming mocht thuis komen kijken; geen video's meer over seriemoordenaars en kinderverkrachters. Volgens Erik liet ik wreedheden aan Max zien om zijn geest te vergiftigen. Onzin. En de kussenhoek bij de kachel was opgeruimd; Erik dacht dat ik Max daaronder had laten stikken. Gelul. Ik had hem juist gered toen hij tijdens een dutje bekneld was geraakt onder de berg kussentjes. Toen ik hem vond, was zijn gezichtje bleekblauw. Erik verdraaide de boel telkens; zo ook met het springen. Max was dol op springen, dus kochten we een babybouncer: een tuigje met vering aan het plafond. Blijf springen, Max. Ik viel in slaap. Toen ik wakker werd, stond Erik met een verbeten kop naast me: 'Wat heb je gedaan, verdomme. Ik kan je geen moment alleen laten.' Max had zo lang gesprongen dat zijn teentjes kapot waren. Maar dat was een ongeluk. Hij sprong en sprong. In zijn eigen bloed. Overal bloed.

***

Een les duurt drie uur. Na een les ben je bekaf, vanwege het groepsproces. Je doet het om de mensen op te vrolijken. Hoe hoger het niveau, hoe beter ze dat begrijpen. In elke klas zitten twee mensen die de stof oppikken, de rest dient als vulling. Alles wat een mens leert is meegenomen, uiteraard. Maar de meeste leerlingen kunnen na jaren nog steeds geen zin uitspreken en er is weinig reden aan te nemen dat ze het bij jou zullen leren. Soms veranderen ze door jouw lessen. Dan willen ze naar het café, aan het werk, of gewoon weg.

'Als je cursisten thuis bezoekt, moet je extra terughoudend zijn,' zei Reinout. 'Vooral de laagopgeleiden klampen zich vast. Je kunt hun problemen niet oplossen; dat regelen wij met het maatschappelijk werk.'

De laatste tijd kregen we veel zonderlingen; ze kwamen uit

de kieren van de stad naar de leslocaties; ze werden gevonden onderin de kaartenbakken van de sociale dienst. De gemeente ruimde de dossiers op, omdat de minister het zat was. In het groepje van de Centrale zat een epileptische vrouw die bij elke grammaticaoefening in tranen uitbarstte en schreeuwend de klas verliet. En een kamermeisje dat aan voodoo deed. Wanneer een andere cursist een grapje maakte, begon ze verwoed spreuken te mompelen, terwijl haar oogbollen wegdraaiden. Ze begon de ochtend met het poetsen van het lokaal. Ze vond dat de mensen niet konden schoonmaken; met een zakdoek wreef ze achter de deurposten, onder de deurscharnieren en langs het schoolbord. Ze blijft nu al een tijd weg en ik vermoed dat ik nooit meer iets van haar zal horen. Je hoort nooit meer iets van de mensen met wie je maandenlang een lokaal, het toilet en de kantine deelt. Net zoals ik nooit meer iets zal horen van de kippenslachter die alleen het woord kip foutloos uitsprak. Hij deed voor hoe je kip uitbeent. Ik gaf hem een certificaat, omdat hij kromliep van de rugpijn; afgekeurd na dertig jaar kippen.

Zo liet ik veel cursisten slagen. Dan hadden ze tenminste iets. Een certificaat. Een bewijs dat er hoop was. Want niemand van hen kreeg werk na een traject; ze gingen terug naar de kieren van de stad. Met een certificaat dat ze konden inlijsten. Of niet, die waren er ook. Die het onder je ogen versnipperden en zeiden: ik spuug op jouw lessen, je bent een hoer.

Of ze wilden of niet: ook zij kregen een certificaat.

**

De volgende morgen belde ik om acht uur naar Reinout.

'Heb je die mevrouw gesproken?' vroeg ik.

'Ze zal opendoen.'

'Heel fijn.'

'Ze wist niet of jij het was.' Hij stelde voor om een teken te gebruiken. 'Je belt twee keer kort aan.'

Ik had nog nergens tekens gebruikt. Reinout wenste me succes en ik pakte mijn tas. Deze keer nam ik de fiets.

Twee keer kort bellen. Geschuifel in de gang. Nadat de knippen en haakjes los waren, ging de deur op een kier. Ik stapte snel naar binnen. Marakech glimlachte en hield een paar lila slippers in de lucht.

Ik pakte de slippers aan.

'Toe maar, mevrouw, is beter.'

Ik keek naar mijn schoenen en weer naar de slippers. Wie had ze nog meer gedragen. Ik wilde mijn schoenen niet uit. Ik inspecteerde mijn laarzen en liet mijn zolen zien. Eigenlijk, dacht ik, is privéles niks voor mij. Ik zette de slippers neer en wilde mijn jas ophangen.

'Nee, mevrouw,' lachte Marakech. 'Die straat is niet rein. Is slecht, alstublieft, doe voor mij.'

'Ik kom zo,' zei ik. Ze ging de woonkamer in. Ik trapte mijn laarzen uit en verstopte snel mijn voeten in de lila slippers. Ik voelde me moedeloos toen ik de kamer binnenging. Marakech glimlachte. Ze had een waanzinnige bos zwart haar. Dat wil ik ook. Ik heb piekhaar, de kleur kan ik niet benoemen, het is het soort dat volgens de kapper oergezond is.

Ze straalde: 'Kom maar, kom. Ik ben echt, Marakech!'

'Josh,' zei ik.

Ze lachte. 'Wat grappig. Is een mannennaam, toch?'

Een mannennaam. De gordijnen zaten weer dicht. Ik verwachtte een aparte vrouwenkamer, zoals de keer dat ik bij een vrouw op bezoek ging omdat haar zoon dood was. We zaten met de vrouwen in een keukentje op elkaar, terwijl de mannen in de woonkamer de waterpijp rookten. Terwijl de mannen verhalen uitwisselden en zich tegoed deden aan zoetigheid, zaten wij met kramp in de kuiten tussen koelkast en gasfornuis, en we huilden om de zoon die doodgereden was door zijn broer. Maar hier ging niemand dood.

'Wilt u koffie,' vroeg Marakech.

'Graag.' Ik had intaketoetsen bij me van verschillende niveaus maar ik vreesde nu al dat die te makkelijk waren. Ik legde de lesmethodes en kopieën op tafel. Op de schoorsteen stonden familiefoto's in gouden krullijstjes tussen medicijnendoosjes. De muren waren kaal, maar overal lagen stapels boeken. De kamer was schemerig en doordrongen van de bittere lucht van mandarijn en nog iets; een geur die ik onmiddellijk wilde hebben. Ik had het warm. Vanuit de achterkamer keek ik een tuintje in, of liever: de binnenplaats. Een berg stenen markeerde haar tuin. Vuilniszakken, een kapotte stoel, lege verfbussen. Zo te zien woonde ze hier net. Ik voelde een gelukskriebel; voor Marakech was alles nog jong en nieuw.

Opeens stond ze achter me en rook ik de sinaasappels weer. 'Beetje triest, hè,' en ze trok de vitrage verder dicht. We gingen aan tafel zitten. 'Het spijt me dat gisteren misging. Rookt u?' Ze stak een sigaret op.

'Niet tijdens mijn werk. Zeg, Marakech...'

'Ja.' Ze straalde.

De slippers knelden heel erg. 'Was je al eerder naar school?'

Ze inhaleerde diep en verdween in een rookpluim. 'Ik moet staatsexamen nog halen. Hier niet geboren. Zonder papieren kom je nergens, ben je niets.'

Zonder papieren zou ik juist wel iets zijn. Ik was Max kwijt door een overschot aan papieren. Rapportages van psychologen, ontslagbrieven van scholen, de TOOM-regeling waar ze mee kwamen. De rechter noemde mij een risico: lijdt aan depressies, vergeet kind te voeden, staart wekenlang voor zich uit. Geen realiteitsbesef, volgens het laatste rapport. Borderline-kenmerken. Mishandelt kind. Vader doet volledige verzorging. Papieren bewezen dat ik leunde op hulpverleners die na mijn bezoeken zelf onmiddellijk hulp zochten. Ik leefde van de specialisten van de geest. Ze kunnen de dingen uitleggen. Maar nooit weerleggen.

'Inderdaad,' zei ik, 'zonder papieren ben je nergens. Maar een groepsproces is goed. Ook voor je taal.'

'Nee hoor, hoeft niet.' En ze lachte weer. Ze lachte veel.

'De Centrale is het duurste instituut in de stad.'

'Ik kan niet naar buiten. Een huidziekte. Probleem met licht,' somde ze op. 'Ik kom uit ziekenhuis en voorlopig moet ik thuis. Ik kan niet in de zon.' Ze wreef over haar armen.

Ik keek naar de medicijnendoosjes op de schouw; de dichte gordijnen. *Kinderen van het maanlicht*, zo heette de documentaire die ik ooit zag. Ze leefden 's nachts, want het kleinste spatje zon schroeide hun huid weg. De meesten stierven jong. In de film werd 's nachts een pretpark gehuurd waar de kinderen in het nachtblauw over de paden zwierven en de achtbaan namen. Hun silhouetten doken het zwembad in en hun schaduw zwom achter ze aan.

'Geeft niet,' zei ze, 'de pillen maken me beter.'

Hoe kon je leven in het donker. Hoe zou ik Max verzorgen; nachtvoedingen kregen een ander gewicht. *Max verzorgen?* De echo van Erik, die nu en dan in mijn hoofd zat. *Jij weet niet hoe je een kind verzorgt, Josje.* Ik greep naar mijn voorhoofd. 'Ook huidtherapie is een zegen voor de mensheid,' zei ik.

'Therapie?' vroeg Marakech en draaide haar haren tot een vlecht. 'Heb ik niet.'

'Geen therapie?' Ik begreep er niets meer van.

'Ik lees. Lezen geen probleem, spreken wel. Dan ga ik dat bepraten met mijn vriendinnen. De ene maand dit, de andere maand dat.' Nu bijvoorbeeld, en ze wees naar een boek op tafel, lazen ze over 'doodsdrift'. Deze filosoof, een bekende Franse hedonist, had een theorie over het verlangen. Want. Hoe hanteren wij dat elk verlangen eindig is. Dat alles stopt.

Ze dacht na, stond op en veegde de tafel schoon. 'Laten we snel beginnen, in september wil ik school.'

Ik liet haar een paar toetsjes maken. Ze werkte geconcentreerd en snel. Terwijl ik haar werk corrigeerde, las zij op bed een boek. Daarna liet ik haar een biografie schrijven, zodat ik een indruk van haar achtergrond kreeg. Ik kreeg een velletje vol krabbels terug. Het was een onsamenhangend verhaal over een vogel in de lucht. Daaronder iets over tips, om te leven. De schrijfvaardigheid is een ramp, concludeerde ik. Ze liet letters wegvallen, vergat een werkwoord of een voorzetsel, gebruikte de verkeerde persoonsvorm. Had ze een computer?

'Helaas.' Ze zuchtte. 'Er is veel te regelen als je net huis hebt.'

'Misschien helpt je familie een handje,' opperde ik.

Haar gezicht betrok. 'Ja, helpen, zeker.'

Toen keek ze doodmoe naar de klok en vroeg naar het huiswerk. De les vergde natuurlijk veel; we spraken af om voortaan een half uur later te beginnen. Op de gang vroeg ik: 'Hoe vind je de buren?'

Ze veerde op. 'Buren zijn leuk, mevrouw Jos.'

'Fijn, Marakech.'

'Er loopt alleen een enge man rond.'

'Een enge man.'

Ze glimlachte. Ze kon heel goed vrolijk doen.

Toen ik vertrok, ging de enge man even verderop zijn huis

binnen.

***

Per e-mail vroeg ik aan Reinout van de Centrale of mijn cursiste een laptop kon krijgen. Per omgaande: nee. Reply: of ik een nieuwe methode voor haar mocht aanschaffen omdat ze zo hoog zat. Reply reply: ook nee. Op eigen kosten mocht uiteraard alles, wij houden van creatieve docenten die flexibel inzetbaar zijn.

Ja hoor, ik ben zo inzetbaar en flexibel als elastiek. Ik gooide mijn kopieën op tafel; de papieren van een dag werken. Vanaf nu zou ik alles bewaren, bewijzen verzamelen tegen mijn toestand zoals Erik die had gepresenteerd.

Tussen de intaketoetsen zat het velletje van Marakech.

"Ik droom van een valk. Waar ik vandaan kom, wij zijn bekend met sommige dieren. Ik ben gewend aan de bergen, stof en zand. We kennen schorpioenen en het schaap. Maar. Niet de valk. In deze land is alles anders. Nu ik ben 25 jaar en sinds een paar maanden woon ik in dit mooie huis. Alles is hier fijn. Ik heb tien tips hoe je moet beginnen met leven. Ik ben nog een beetje ziek maar ik word beter, en dan, ik zal vliegen als een valk. Ik droom over een valk, mijn leven is mooi, vrij. Maar. De valk klimt naar de zon. Hoger en hoger tot niemand haar ziet. Dan gaat zij wachten, tot het beste moment, niemand weet hoe dat gaat. Zij wacht. En dan draait zij zich om en valt naar beneden, als een kurketrekker. Ze draait en draait rond de as. Zij suist naar grond, als de wind, een vrije vogel, heel snel. En dan. Zij valt op de grond. Niemand weet wat dan."

Daaronder stonden de tien tips, om te leven.

1. Vrijheid is een keuze

'Oh,' zei Luc. 'Gaan we nu op basis van tips leven?'

Luc was de enige die nog wilde luisteren. Ik had het opgegeven om een lijn in zijn werkwijze te ontdekken. Een gesprek met hem leek op een borrel aan de toog. Hij stak zijn
verveling niet onder stoelen of banken; hij at pinda's, die hij
omhoog gooide en met opengesperde mond opving. Luc was
het bovendien eens met al mijn eerdere diagnoses, maar het
dossier lag gesloten naast hem op tafel; hij maakte geen aantekeningen. Misschien had hij het sinds de intake niet eens
bekeken. Hoe leger het bleef, hoe beter.

'Geen mens kan zonder tips,' zei ik. 'De tien geboden zijn
ook tips.'

'Zoals je wilt.' Hij keek over zijn bril en liet een stilte vallen.

Ik had een hekel aan die stiltes.

En kon ik ze benoemen, die tips? Wist ik bijvoorbeeld hoe
mijn nieuwe cursiste – hoe heette ze eigenlijk – aan deze tips
kwam?

Wat tillen psychologen toch zwaar aan de dingen. Ik kreeg
net weer hoop.

'Je bent dus actief op zoek naar oplossingen,' zei hij en
verlaagde zijn stem. 'Mis je Max?'

'Ik heb nu minder vuile was. En meer vrije tijd.'

'Vrije tijd.'

Vrije tijd, ja. Eindelijk verlost van het vroege opstaan. Geen gedoe meer met onophoudelijke snotneuzen. Geen potjes Olvarit of Kinderfruit. Ik kon weer koken waar ik zin in had. Ik deed nu ontzettend veel leuke dingen. Fietste naar mijn werk en weer terug, stofte mijn accordeon af en oefende vrolijke liedjes. Ik liep door het park en bestudeerde honden – hij begreep zeker wel dat ik aan mannen even niet moest denken.

Een pinda ketste tegen het plafond, viel op mijn dossier en rolde weg. Luc raapte hem op en veegde hem schoon. 'Je bestudeert honden in het park.'

Waarom herhaalde hij toch steeds mijn woorden. Sprak ik zo onduidelijk? 'Ja. Het is fijn in het park. Ik richt me weer op de buitenwereld.'

'Wat spreekt je aan in honden.'

'Ze zijn slaafs en trouw.'

'Slaafs en trouw.' Hij leek in zijn geheugen te graven. 'Zei je dat niet over Erik?'

Ik zuchtte. 'Dat is klaar. Ik ga nu voor tip 1: vrijheid is een keuze.' Ik keek naar de kale boomtakken achter het raam. Schuin tegenover zijn huis had ik onlangs op het bordes gestaan, bij de rechtbank.

'Vrijheid is een keuze.' Hij tuurde over zijn bril. Zijn ogen waren soms bruin en soms groen. 'Heb jij gekozen voor minder vuile was?'

Verveelde ik hem soms? 'Hou op met dat gevraag,' zei ik. Waarom had ik het zo warm. Ik legde uit dat ik nu helemaal opnieuw begon. Ik was voortaan werkelijk betrokken bij mijn cursisten. Structuur aanbrengen in de dagen. Als keuze, zeg maar.

Luc luisterde alleen maar. En dat was al te veel. Ik hoorde precies aan het soort stilte hoe mijn woorden vielen: ook dit vond hij geen briljant plan.

'Josha, tot nu toe heb je je niet echt dienstbaar betoond aan de mensheid.'

'Dat was een misverstand.'

Hij knikte instemmend en pakte zijn agenda. Het bakje pinda's was leeg.

'Wanneer krijg ik pillen.'

'Nooit. De geringste mate van kalmte is dodelijk voor jou.'

***

Kalmte was in de straat van Marakech een utopie. Voor of na de les belandde ik in de ruzies van de Fransman met zijn medemens. Marakech vertelde dat hij Bouchard heette. De contrabassist van drie deuren verder kreeg te horen dat hij zijn fiets fout parkeerde, namelijk tegen zijn lantaarnpaal. De jongen sprak een allegaartje van Nederlands en Duits en zei dat hij niet moest balken, dat lantaarnpalen vrij zijn, dat hij zijn fiets mocht neerstellen waar hij wou.

Bouchard hield de wacht bij zijn lantaarnpaal. De jongen dreigde met zijn contrabas en riep dat hij een nazi was. 'Rot op naar je eigen land.'

Bouchard ontkende elke band met nazi's. 'Ik heb het goede leger gediend, hè. Pas op.'

De jongen maakte zijn fiets weer los, hees de contrabas erop en liep woedend weg.

Er passeerde een man die zich moeizaam voortsleepte. Hij pauzeerde precies tegen de lantaarnpaal van Bouchard, die vroeg wat er loos was. De man stamelde dat hij een prik had gehad bij de dokter en dat hij zich naar voelde, heel naar. 'Een prik,' zei Bouchard. 'De prik is een vervelend ding.' Daar waren ze het over eens.

De man kermde: 'Het was in de bil.'

'Ah,' riep Bouchard, 'in de bil.'

'Alstublieft, een glaasje water?'

'Water, bien sûr, momentje.' Bouchard verdween naar binnen en keerde terug met een glas water. En toen. Toen vroeg hij mij op bezoek.

Ik wilde weg. Maar nu diende ik me aan, er zat niks anders op. Binnen was het donker en vochtig. Het leek of ik een rariteitenkabinet binnenstapte. Deze man was duidelijk van een andere orde; misschien moest dit in een buurtcommuniqué uitgelegd worden, misschien zou het dan beter gaan tussen Bouchard en de buren. In een hoek van de kamer was een muizentheater, waarvan vooral de urinegeur indruk maakte. De muizen krioelden in hun dorpje van houten huisjes, molentjes en wenteltrappetjes, ze hadden niet door dat hun wereld nep was. Er was een bankstel van versleten kussens en lapjes stof, een tafeltje vol kaarsvet en een zwarte bakelieten telefoon. Een kastenwand met boeken over sterrenkunde, over bloemen, muizen, paddestoelen en de beste recepten uit de hele wereld. Staande lampen met verkreukelde linnen kappen, een beschimmeld Perzisch tapijt, schedels van koeien en uitheemse antieke messen.

'Wat knus,' zei ik terwijl ik snel een hand voor mijn mond sloeg.

'Ik kan niet tegen daglicht,' zei hij en wreef in zijn ogen.

Hij ook al. Ik begon te denken dat deze straat alleen maar gebouwd was voor mensen als Bouchard en Marakech, voor de zwetsende contrabassist en Doris de buurtwerkster en Peet van de cursussen; zij renden net als de muizen rondjes in een dorp.

'Het daglicht doet pijn,' zei Bouchard. 's Nachts had hij de beste ideeën, zei hij, 's nachts kon hij pissen. Zijn ideeën betroffen vooral de straat. Die moest blijven, die was heilig. Wat ook heilig was: de mycologie. Hij toonde me zijn bestuurspasje van de Vereniging en de boeken vol zwammen, boleten en elfenbankjes. De mycologie was een wonder, vond hij.

Ik deed een stap achteruit.

Wist ik niet dat de paddestoel ongekende krachten bezat, bijvoorbeeld om blaasproblemen aan te pakken? Hij wees naar zijn onderrug: zwakke nieren. Toen liet hij het vitrinekastje met gedroogde exemplaren zien. Zwavelkoppen, krulzomen, een hanekam. Zijn handen beefden. Hij smakte met zijn lippen en greep naar een kistje met koperbeslag. Toen haalde hij er grijsgroene stukjes uit en mompelde: 'Dit iz belangrijk. Mooi, hein?' Hij hield een stukje tussen zijn vingers: 'Proeven?'

Ik deinsde weer achteruit.

'Luister,' zei hij, 'dit is iets speciaals. Een amaniet. Pardon, de gefaarlijkste amaniet die bestaat.'

'Werkelijk. Wat enig.' Het zweet brak me uit.

De Groene knolamaniet, vertelde hij, is een moordenaar. Niemand weet het. Hij groeit gewoon in dit mooie land; ergens in de duinen, bij Haarlem. Hij giechelde dat hij er regelmatig naartoe ging. 'Is makkelijk. Drie dagen en jij bent dood. Dood als een worm.' Hij smakte weer en mompelde. Als je dit amanietje at, kreeg jij buikgriep. Niks ergs, nou ja, vervelend, n'est-ce pas? Ondertussen, madame, ondertussen. 'Je wordt vanbinnen opgegeten door amatine. Een erg giftige stof. Twee dagen, drie, en dan, je lever stopt ermee. Jij bent finito.'

'Wat een boeiende hobby's heeft de mens,' zei ik zo opgewekt mogelijk.

Hij trok een gezicht. 'Mademoiselle, de paddestoel is niet

een obby. Is een geloof.'

Ik knikte en liep achteruit naar de gang.

Bouchard sprong op me af, trok aan mijn mouw en riep dat hij nog een verrassing had. Hij had taart gebakken. Pour moi.

Ik dacht aan zijn rouwnagels, hoe hij daarmee deeg kneedde en erin spuugde en erop stampte. Ik volgde hem naar de keuken en keek of ik dode dingen zag. Ik telde honderdachtenzestig muurtegeltjes. Oh god, mijn laatste uur. Amatine, amatine. Ik ga dood, waarom, waarom nu, waarom ook niet, alles is toch verloren. Nee, alsjeblieft, ik heb die man toch niks misdaan... oh ja, een keer mijn auto tegen zijn bumper gezet, maar meer niet, meer niet. Ik wil niet dood, ik heb geen geld om dood te gaan, niet nu.

Terwijl Bouchard in de keukenla graaide, bedwong ik mijn hartkloppingen en concentreerde me op het uitzicht: zijn tuintje was een pretpark van molentjes, kabouters en plastic bloemen.

Hij grijnsde weer. De juffrouw kon nu toch met eigen ogen zien, hein, hoe belangrijk hij was. Als de anderen dat ook eens begrepen en als hij eindelijk eens een medaille van de wethouder zou krijgen. Hij toonde zijn machinerie: stoompannen, snijplanken en kookpotten, waarin hij naar eigen zeggen de beste boeuf bourguignon maakte en de enige echte goulash, geleerd in het leger. Toen haalde hij een springvorm uit de oven en duwde de taart onder mijn ogen. 'Voilà. Taart voor de juffrouw, van eekhoorntjesbrood en nog wat.'

Het begon te tintelen in mijn nek en ik schoot in de lach. 'Wat heerlijk, wat goed. Weet je wat, doe het in een kistje, eh, een bakje. Geen kistje, ik bedoel, neem iets van folie. Dan ga ik er thuis van genieten.'

Hij kromp ineen, dat was nou jammer, maar ja. Hij wikkelde een groot stuk in folie en reikte het aan. Ik deed het in mijn tas en ging weg. Zo ben ik aan de mycologie ontsnapt. Maar ik weet niet of dat een vrije keuze was.

***

Wat ook geen vrije keuze was: de eerste aanmaningen om alimentatie te betalen à 250 euro per maand. Mevrouw S. ontving mij op het advocatenkantoor.

'Tja,' zei ze, 'de situatie is nu even omgekeerd.'

'Omgekeerd, omgekeerd. Een man hoort te betalen.'

Dat bedoelde ze: ik was nu even de man.

Had ik maar nooit mijn handtekening gezet.

Ze maaide met haar handen. 'Rustig, Josha. De rechter houdt van kalmte.'

Ik hield ook van kalmte. Maar volgens Luc deed kalmte me geen goed. Je moet je dynamiet leren omzetten in vuurwerk, vond hij. Maak een universum van fonteinen en bloesemregens. Stuur de wereld een regenbui van purper en goud. Af en toe was hij vreemd.

'Kalmte is een toestand die sommige mensen tot het uiterste drijft,' zei ik.

Mevrouw S. keek naar het plafond. 'Die alimentatie gaat naar rato. Begrijp je het?'

Als ze toch eens ophielden te vragen of ik het begreep. Natuurlijk begreep ik het. Ik moest mijn zakgeld afstaan aan een man die zijn geld investeerde in fotorolletjes en telelenzen om de borsten van zijn collega te archiveren.

'Het is in het belang van je kind.'

'Dat zinnetje,' riep ik uit, 'is het ergste cliché dat ik ken.'

'Ik hoor dat Max het goed maakt,' zei ze sussend.

Dat was de dweil in mijn gezicht. Max maakt het goed.

Niet. Onmogelijk. Een kind moest de eerste drie jaar onafgebroken bij zijn moeder zijn; alleen dan kon hij vertrouwen opbouwen en de wereld blijmoedig tegemoet treden. Max was net twee. Zijn kansen slonken met de dag.

'Het gaat ook om jouw kansen,' zei ze lispelend en ze kneep in mijn hand.

***

Mijn kansen waren waarschijnlijk verkeken toen ik anderhalf was; toen stortte mijn moeder in door een verwaarloosde postnatale depressie. Je leest het ook in de vrolijke opvoedboeken die je aanschaft als je bevallen bent; een kind bestudeert de eerste maanden elke gezichtsuitdrukking van zijn moeder nauwlettend. Uit haar mimiek maakt hij op of de wereld veilig of gevaarlijk is. Of hij welkom is. Als Max huilde en ik hem oppakte, ging hij harder huilen. Wat las hij in mijn gezicht? Misschien helemaal niets. En niets ligt heel dicht bij de wanhoop. Mijn wanhoop werd de zijne. Hij keek me aan en dacht vast: beter van niet, leven is wanhoop.

Ik vind dat de kindertijd overdreven wordt.

Ik moest schreeuwen om mezelf te kunnen verstaan. Ik schreeuwde mijn betoog in de heel platte oorschelp van een man aan de bar van een discotheek, diep onder de grond van de Boulevard. Ik hoefde geen oppas te regelen. Ik hoefde niet aan Erik uit te leggen waarom ik wilde dansen. Ik glipte de nachtclub aan de Boulevard binnen, dronk me moed in en schreeuwde in het oor van een man aan de bar.

Hij riep terug: 'Ik ben dol op mijn neefje. Kinderen zijn het mooiste dat er is.' Hij proostte tegen mijn glas wijn en riep dat hij het liefst from scratch met een meisje begon. Hij bleek toetsenist; de muziek zat diep in hem en kroop door zijn zinnen, als een melodietje dat niet wil ophouden, dat je niet meer uit je hoofd krijgt. Om de paar zinnen sloeg hij een scratch, een bang of een full swing.

Het leek me dat ik kansloos was. Bovendien was hij griezelig met zijn leren jack, staalharde laarzen, en ondergedompeld in een populair merk aftershave. Zijn linkeroog loenste en dat gaf hem iets gevoeligs. Hij stak een sigaret op en schreeuwde dat hij astma had. Roken is goed voor astma, riep hij, je hoest het eruit.

Ik gilde dat ik de tram nog kon halen, als ik nu naar huis ging.

Ach wat, riep hij, het was vrijdagavond, lustte ik gamba's? Hij bestelde meteen, hoewel ik geen zeedieren eet, en hij deed voor hoe je ze aanpakt. Hij brak een gamba in tweeën, peuterde het vlees eruit en duwde een stukje zachtheid in mijn mond. We likten zijn vingers erbij af.

De nachtclub liep vol en de dansvloer veranderde in een waterballet van mensen. Het zilveren glittergordijn ging opzij en een aquarium verscheen voor mijn ogen; mannen in diep uitgesneden jurken, vrouwen in smoking, meisjes met hanekammen, jongens op naaldhakken. Langs de muur van dit voormalige metrostation stonden de mannen die zich geen raad wisten; die aan een fluitje bier lurkten en vanonder hun gebogen hoofden schielijk om zich heen keken.

'Waarom staan mannen altijd zo lullig langs de kant?' vroeg ik aan de toetsenist.

'Omdat het sukkels zijn,' antwoordde hij, 'sukkels die niet begrijpen dat jij van ridderlijkheid houdt.'

Ik sleepte hem mee naar de dansvloer. 'Hou jij van ridderlijkheid?'

'Je bent een apart tiepje,' riep hij. Maar dansen wilde hij niet en hij trok me terug naar de bar. Kijk, hij was toetsenist; het gaf geen pas dat hij danste op andermans muziek. 'Ik maak de mensen aan het dansen,' riep hij. 'Wij zijn de helden van de nacht, wij maken de beat, wij bepalen de sfeer en de toon.' Hij sloeg zijn Spa rood achterover. 'Niet andersom.'

Hij hield dus niet van andersom. Toch bleef hij de hele avond; en toen ik weg wilde, reed hij zijn jeep tot voor de nachtclub. Ik stapte in en hij scheurde met een noodgang het centrum door. Aan het eind van de Boulevard moest hij vol op de rem doordat een vrouw plotseling het kruispunt overstak. Ze droeg een chador en klom onhandig op haar fiets.

'Ik schrik me dood,' zei de toetsenist. 'Kutwijf.'

Mijn hart zat in mijn keel. De chador fietste als een schaduw een zijstraat in, in de richting van het station.

$$***$$

De eerste zoen na je scheiding vergeet je niet. De toetsenist smaakte zo anders dan Erik. Zijn haar geurde naar gamba's, maar mijn slaapkamer stond plotseling vol vlinders. Ze fladderden rond het bed dat langzaam de geuren van zweet, parfum en een restje aftershave opnam. Hij hield me heel erg vast, in een ijzeren omhelzing. Zijn linkeroog loenste nu nog meer en ik vroeg of hij alsjeblieft zijn ogen dicht kon doen.

'Kun je er niet tegen dat iemand naar je kijkt?'

'Ik doe het licht uit, hoor.'

We lagen doodstil in het donker, twee vreemde lichamen in een bed. Ik luisterde naar zijn piepende ademhaling en het gereutel in zijn longen. Hij draaide zich op zijn zij naar me toe en zei dat ik een prinses was.

Ik lachte en zei dat ik deze truc nog niet eerder gehoord had.

Hij zei dat het waar was. En dat hij nu helaas mijn glimlach niet kon zien, de lach waarmee ik hem de hele avond betoverd had als vuurwerk. Ik lag heel stil terwijl zijn zoenen langs mijn tepels omhoog kropen naar mijn hals, mijn wangen en mond. Ik verbaasde me nog eens: hoe anders een andere man proeft. Het was of ik mezelf voor het eerst proefde, en opeens vroeg ik me af hoe ik ooit een slechte moeder kon zijn. Terwijl de toetsenist met zijn tong langs mijn tanden gleed, zag ik de geboorte van Max terug; hoe hij de eerste dagen in een wiegje naast ons bed stond. En hoe Erik wakker lag van het nachtelijk gemurmel en geknor van de pasgeborene. De tweede nacht snauwde hij dat het jong naar zijn eigen kamertje moest, omdat hij geen oog dicht deed, hij had zijn nachtrust nodig, waarom hadden we anders een babykamer. De toetsenist ging met zijn handen tergend zacht over mijn billen en ik rilde. Een babykamer. Mijn hart kromp ineen; dat jong was mijn eigen lichaam en het was onverdraaglijk om mijn lichaam weg te leggen in een babykamer die nog naar acrylverf en behanglijm rook.

Maar dit zei ik niet tegen de toetsenist, die nu met zijn tong in mijn oor zat en plotseling het licht aanknipte. Hij kroop over het bed en viste uit zijn spijkerbroek een condoom. Hij masseerde zijn eikel, rolde geroutineerd het condoom af en vroeg of het licht weer uit moest.

'Dat is, dat is een condoom,' zei ik.

Hij knipte het licht uit. Hij gromde toen hij klaarkwam en viel 'weerloos als een aap' – dat waren zijn woorden – in slaap. Ik staarde in het donker naar het plafond en luisterde weer naar zijn astmatisch gepiep.

De volgende morgen was hij niet wakker te krijgen. Ik sloop naar beneden, ging bij het raam zitten en keek twee koppen koffie lang voor me uit. Mijn hoofd bonkte en mijn huid plakte van de nacht, die ongemerkt was overgegaan in de grijze ochtendschemer. Hoe kon ik nog slapen? Maar de toetsenist kon heel goed slapen. Hij sliep en sliep, tot diep in de middag. Ik nam aan dat hij bij mij tot rust kwam. Ik opende de balkondeuren, groette de overbuurman, at een boterham en snoof aan het leren jack dat over de bank hing. Het zat vol spullen. Ik streelde het leer, kneep in de mouwen, gleed met mijn vingers over de binnenzakken en bekeek zijn mobiel, zijn portemonnee en zijn sleutelbos. Toen schreef ik een briefje, om iets aan zijn jack toe te voegen. Ik stopte het in de binnenzak bij zijn mobiel. Wanneer later op de dag zijn telefoon ging, zou hij mij lezen en zich de nacht herinneren. Wat een nacht, schreef ik. Veel geluk met het zoeken naar je scratch.

* * *

Nu het thema kennismaken klaar was, konden we verder met het thema familie. Ik bracht een tas vol familie naar Marakech in de Rozenstraat. Fotoalbums, kinderboeken, stamboom-oefeningen. Marakech hoorde me aan, werd opeens nog bleker en slikte snel een paar pillen weg met grote slokken water.

'Kom,' zei ik opbeurend. 'Het thema familie is altijd leuk.' Ik sloeg mijn fotoboek open.

Marakech staarde naar de kiekjes. 'Een beetje geduld, de pillen moeten zakken.' Ze trok het album naar zich toe en bladerde langzaam door mijn leven. Ze bestudeerde de foto's en slaakte kleine hoge kreetjes: 'Wie is dat, Jos. Jij bent getrouwd, Jos? Ja toch? Waar is jouw kind?'

Mijn gedachten dwaalden af naar het leren jack van de toetsenist. 'Mijn zoontje woont,' mompelde ik, 'bij zijn papa.'

Ze stak weer een sigaret op. 'Josje! Hoe kan dat?'

Dit was niet de afspraak. Ik stelde de vragen, zij vertelde

over familie – zo ging het. Had ik deze opdracht maar nooit aangenomen. Privéles was een mythe, je kon als docent niet zonder groepsproces; de cursisten wisselden ervaringen uit en verbeterden spelenderwijs hun taalniveau. De docent stuurde op de achtergrond bij – in de praktijk kwam dat neer op rondlopen en wegdromen bij het raam. Ik had het zo warm, kon er nooit een streepje daglicht binnen in dit hok, hoe hield ze het uit?

'Kan niet,' zei ze. 'Kind moet bij moeder zijn.'

Ik schrok op. 'Wat heerlijk dat alles kan in Nederland,' zei ik. Een verworvenheid, nietwaar, dat we onze eigen keuzes konden maken, in vrijheid. Dat we ons leven zelf konden inrichten. Dat Nederlandse vrouwen nooit iets tegen hun zin deden. Nooit!

Marakech keek me vragend aan. 'Josje toch. Een kind bij de man. Wij zeggen: is haram.' Ze bestudeerde een portretje van Max in de kinderstoel en streelde het met haar vingertoppen; wat een mooi jongetje, vond ze, een schatje. Die vader was vast ook knap? Ze knipperde met haar ogen en giechelde. 'Josje, jij bent een gelukkige vrouw.'

Ik verslikte me in een hoestbui. 'Zeker, heel gelukkig.' Maar kon ze tijdens de les dat gerook staken? Ik stikte bijna. En anders, anders moest het raam open. Nu. Ik sprong op en liep naar de gordijnen.

Marakech vloog met me mee, duwde me opzij, sjorde het raam een paar centimeter omhoog en sloot snel het opengewaaide gordijn. Ze was zo dichtbij dat ik de donsjes op haar wangen kon tellen. Een huid als satijn. Geen vlekje van haar huidziekte te zien.

'Ziezo,' zong ze, 'frisse lucht, speciaal voor Josha.'

We bogen ons weer over het fotoalbum. Maar ik snapte het niet meer. 'Vreselijk, die allergie van jou,' zei ik. 'Dat het je huid zo aantast.'

Ze keek naar de grond. 'Heel veel pillen, die helpen, heel veel.'

Ik staarde haar aan. 'En gelukkig schijnt de zon zelden in Nederland.' Ik sloeg snel een paar bladzijden in mijn foto-album om. De laatste vakantie met Erik trok ondersteboven aan me voorbij. Marakech ging met haar neus over de kiekjes en riep oh en ah, wat fijn, zo mooi. Toen begon ze over Marokko, over de stoffig hete zomers, de snijdende zon. Altijd binnen blijven, gevaarlijk die zon, steeds ziek. Moeder was altijd bezig met insmeren, een nieuw zalfje van de dokter. Oma gebruikte speciale kruiden. Maar niets hielp.

Kijk eens aan, dacht ik, oma, mama, thuis. Ik vroeg of ze nog broers of zussen had. Familie was belangrijk, nietwaar?

Ze knikte druk. Zeker, zeker, familie is alles, helemaal alles. Zonder familie ben je... Ze stond op en verdween naar de gang. Ik luisterde naar de geluiden uit de keuken. Ik keek naar mijn laatste zomervakantie. Het was maanden geleden; gezinsgeluk. Een verbeten kijkend echtpaar met een peuter op een terrasje.

Toen ze terugkwam, zei Marakech: 'Ik moet veel bidden, Josh, heel veel.'

'Dat moet je zeker,' zei ik. 'Bidden is het beste kalmeringsmiddel.'

'Ik moet doen de ibadat. Familie wil de religieuze regels echt naleven. Dat is ibadat. Is erg moeilijk.' Ze kon niet naar de moskee om de geloofslessen te volgen, legde ze uit, vanwege het daglicht.

'Voel je je beter nu?' vroeg ik met het oog op de pillen. Misschien moest het raam toch maar weer dicht?

'Ja, is echt moeilijk dit voor mij.' Ze rechtte haar rug. 'Breng je zoontje een keer mee, ik ben echt goed.'

Ze bood zich aan als oppas!

'Jij helpt mij,' antwoordde ze, 'ik help jou, Josje. Ik wil altijd helpen. Dat is ook ibadat.'

Dat ze zo vroom was. Zat er soms ibadat in de tien tips uit haar biografietje? Leefde ik zonder het te weten een fundamentalistisch geloof na? Het duizelde me en ik greep naar het fotoboek. 'Vertel,' zei ik toen, 'waar is jouw familie?'

Ze haalde haar schouders op. 'Ik ben alleen hier. Mijn ouders zijn oud en ziek, snap je?' Ze gebaarde naar de foto's op de schoorsteen. Ze wreef langs haar voorhoofd, sloeg haar armen over elkaar, stak de zoveelste sigaret op. Alles leek opeens te veel, terwijl het licht tussen de gordijnen door kierde.

***

Marakech is een raadsel, schreef ik in mijn aantekenboek. Een raadsel.

Om me heen lunchten zakenlui achter laptops. Obers liepen af en aan in de echo van het café. Ik kauwde op een tosti en keek naar mijn woorden. Een sliert kaas bleef aan mijn kin hangen. Dit kon ik niet aan de Centrale mailen. Ik moest met een degelijke tussenevaluatie komen, een objectieve meting van mijn cursiste. De opdrachtgever wilde resultaten zien. Cijfers. Helderheid. Helderheid: dat punt beviel me. Maar ik gaf geen cijfers en verrichtte geen metingen bij Marakech. Soms moet je gewoon je gevoel volgen. Het leek me onontbeerlijk om haar achtergrond te begrijpen. En ook die kon ik niet meten. Ze deed over veel dingen nogal ontwijkend. Hoe kon ik de Centrale een score sturen.

Ik noteerde: Marakech werkt hard, zit op het puntje van haar stoel, vraagt honderduit. Helaas heeft ze geen enkel taalgevoel en ze praat nog steeds krom. (Dit in definitieve evaluatie schrappen, Josha.) En ze haakt af bij alledaagse onder-werpen. Rent naar de keuken, gaat op het vloerkleed zitten om haar haar te kammen, begint te ijsberen of laat zich op bed vallen. Soms laat ze me een boek zien dat ze met haar vriendinnen leest.

Ik schrapte de laatste zinnen. Maar Reinout wilde iets op papier over de nieuwe cursiste.

Ze duwde het boek over 'de eindigheid van het verlangen' bijna mijn tas in, ik moest het lezen, zei ze, was belangrijk. Hoe dan ook. Als ik niet reageer, sluit ze zich weer af en doet vrolijk. Vrolijk in een donker huis.

Marakech is een raadsel. Geef me meer tijd, wat heb ik aan drie maanden. Wat moet ze met het staatsexamen als ze het woord familie niet zonder paniekaanval kan uitspreken. En vertel eens, Reinout, hoe het zit met die huidziekte. Ze slikt een berg pillen voor CPLD, maar ze heeft een perzikhuidje. Grijpt voortdurend naar haar buik. Buikpijn, krampen. Soms moet ik na een uur weer weg, omdat ze te moe is. Hoe zit het met die dingen, Reinout?

Nee, dat kon ik niet vragen. De informatie die ik kreeg, was voldoende; die ging over het trajectplan. Haar prognose. Die prognose was me net zo'n raadsel als de mijne. Hoe moest ik Marakech naar een examen leiden als ze niet verder kwam dan de gang.

Ik nam nog een hap, maar de tosti was van karton; ik smeet hem neer, propte mijn aantekeningen in mijn tas en liet vier euro op het tafeltje achter.

***

De prognose voorzag niet in het vrouwenfeest. Doris zat op het stoepje en groette me. 'Kom gewoon even kijken.'

Had ik niks beters te doen op mijn vrije dag, kon ik niet een vriendin bezoeken of een nieuwe smartlap op de accordeon proberen? Het leerplan voor Marakech uitwerken en verfijnen, een toets voor het groepje in West voorbereiden? Maar ik was helemaal op orde en het huis blonk van de allesreiniger. Zou ik Erik nog eens bellen – en heel eventjes, vijf minuutjes maar, naar de stem van Max mogen luisteren? De radiostilte was immens, elke poging van mijn kant die te verbreken werd beantwoord met een schriftelijke waarschuwing van zijn advocaat: zoals u weet, mevrouw Lieven, is er een algeheel contactverbod. Dit alles in het belang van uw kind. Wij herinneren u eraan dat...

Doris riep 'Zie maar' en ging weer naar binnen. Een chador wandelde voorbij. Ik staarde het ding na en parkeerde mijn fiets – zo ver mogelijk van Bouchards huis. Toch kwam hij naar buiten, leunde tegen de deurpost en vloekte hoofdschuddend. 'Madame Josha!' riep hij toen en zijn stem kaatste tussen de gevels.

Ik stak mijn hand op en keek, net als hij, naar de chador. Misschien waren de chador en de burka werkelijke vrijheid. Dat je zei: ik heb gekozen voor de zak, ja, ik voel me er prettig onder, zakken maken de dingen eenvoudig. Bouchard begieterde zijn plastic bloemen. Terwijl ik naar het buurthuis slenterde, begon hij een tirade over de straat.

'Bouchard,' zei ik en wees naar de bloemen. 'Doen ze het goed?'

Hij knikte en zei dat het erbij hoorde; dat kunstbloemen ook water willen, dat je ze in de waan moet laten. 'En welke plannen heeft u,' vroeg hij, en smakte met zijn lippen.

Ik vroeg me af of hij weleens naar een feest ging. Nu ik voor het buurthuis stond, zonk de moed me in de schoenen. Bouchard geeuwde en begon weer over de straat en over de medaille van de wethouder, de medaille die hij maar niet kreeg. 'Een feest. En wat is dat voor feest?' vroeg hij toen ik overstak.

'Niks voor jou. Je zou chagrijnig worden.'

'Quoi? Ik heb nog een uitstekende soep, komt u die straks halen.'

'Oh heerlijk,' zei ik en vluchtte Het Honk in. De geur van gekookte vis benam me de adem. Vanachter gesloten deuren klonk gejoel, opzwepende muziek, hollende kindervoeten en kletterende tamboerijnen. Voor de toegangsdeur hielden twee vrouwen de wacht, in paarse feestgewaden, op hakken van goud. Hun handen waren bestippeld met henna en de geur van wierook en vanille hing boven hun tafeltje. Mijn oog viel op de bak met het buurtkrantje. Tussen de herrie door las ik de voorpagina, en ik schrok. De poortwachteressen wenkten en duwden me de feestzaal in. 'Kom, mevrouw, kom dansen.'

De ramen waren afgeplakt, aan het plafond danste een glitterbol en waxinelichtjes flakkerden op tafeltjes langs de kant. In het midden dansten vrouwen om elkaar heen. Ik leunde tegen de muur en keek schielijk rond. De vrouwen moedigden elkaar aan met gegil en gekir, draaiden om elkaars billen en gingen voor elkaar door de knieën. De muziek bonkte in mijn maag en van alle kanten kwam het paars en goud van jurken, haarbanden en hoofddoeken me tegemoet.

'Een stukje vis, juffrouw?' Een ronde dame in het zwart schoof langs me met een dienblad vol pasteitjes. Ik slikte maagzuur weg en bedankte. Ik werd onpasselijk. Twee dames bogen naar elkaar op de dansvloer en zoenden elkaar met de punt van hun tong.

'Een glaasje thee, zus.' Weer schoof een mevrouw voorbij. Ze lachte en had nog één tand die opblonk in een gebergte van rimpels en plooien.

'Donder nou eens op met die multiculti troep,' zei ik zacht.

Ze grijnsde. 'Mooi feest, mooi feest vandaag.'

'Ja, heel mooi. En nou doorlopen.' Ze lachte alleen maar en ik had zin om haar laatste tand eruit te slaan. De muziek ging harder, vanachter de tafeltjes werd hoger gejoeld. Een jong meisje liep de dansvloer op en gaf een buikdansshow. Haar borsten hingen uit het bikinistukje en haar buik bulkte over een omslagdoek. Haar huid glom van olie, glitterpoeder en zweet. Uit de keuken kwamen nieuwe dienbladen met kippenpootjes en vis. Ik keek weg van de dienbladen, zocht de zaal af naar Marakech. Mijn maag voelde wee. Toen stond Doris naast me.

'Ha!' riep ze boven het gejoel van de vrouwentongen. 'Leuk hè!'

'Geweldig.' Waarom wilde ik altijd weg. Waarom zat ik niet aan een tafeltje met die vrouwen, waarom besprak ik de laatste roddels uit de wijk niet met ze, waarom legde ik hen mijn huwelijksproblemen niet voor? Wat zouden ze zeggen, Allah, Allah, wat zouden ze adviseren: dien je man, toe dan, verzorg hem, wees hem genegen, mevrouw. Wees zuinig op je lichaam, stop met roken, dep je mond en je andere lippen met lavendelolie en je wordt zacht als boter, mevrouw, echt, geloof ons. Maar laat die slet uit de buurt blijven, geef haar deze steen, dit oog zal haar hart bevriezen...

'Fantastisch toch, die saamhorigheid,' zei Doris. 'Dit brengt de mensen bij elkaar.' Ze trok me mee naar een tafeltje waar verschillende vrouwen plaats maakten.

'Weet je wat mensen bij elkaar brengt,' zei ik. 'Een bom-aanslag op een marktplein.' Er waren jonge en oude vrouwen, geen Nederlandse, de meeste Marokkaans, waarschijnlijk allemaal familie, die hun geilheid op elkaar botvierden. Van zulke familie kreeg ik het benauwd. 'Het plezier dat je hier ziet, is wraak,' riep ik in Doris' oor. 'Wraak, omdat ze tot elkaar veroordeeld zijn, levenslang.'

Ze fronste en schudde haar hoofd. 'Ben jij altijd zo'n levensgenieter?'

Maar ik had de afgelopen tijd genoeg wraak gezien.

'Wat wij hier doen,' benadrukte Doris, 'is werken aan saamhorigheid. Sociale cohesie. De gemeente betaalt voor de saamhorigheid.'

Ik haalde mijn schouders op en zweeg. Dit tafeltje stond vol saamhorigheid; hapjes, hapjes, hapjes. Ook hier slingerde het buurtkrantje rond. Ik gebaarde naar Doris en wees naar het voorpaginastuk. *Grote plannen herinrichting Rozenstraat.* Binnenkort stond hier geen steen meer op de andere.

'Die sloop is zeker ook voor de sociale cohesie?' vroeg ik en schoof mijn stoel achteruit voor een cirkel van vrouwen die heupwiegend langs ons schoof. Het applaus viel als regen op ze neer. Een dame in een okerkleurig gewaad bracht een bord bij ons met nog meer taart, baklava en vispastei. Doris hapte toe. Ik keek heel lang naar haar eetlust; gulzig viel ze aan op een knalroze taartpunt. Honing en cake kleefden aan haar mondhoeken. Ze lachte naar de vrouwen die zaten te smoezen. Ik staarde naar de kruimels babyroze en vroeg: 'Is het lekker?'

Ze spande haar schouders en zei: 'Ik moet verder. Vermaak je maar fijn, Marakech zal ook wel komen.'

'Natuurlijk niet, die zit binnen met die ziekte van haar.'

'Welke ziekte,' zei Doris.

Het gejoel van de vrouwentongen zwol aan.

'Doris, ik hou het hier geen minuut langer uit,' zei ik. Ik trok mijn shag tevoorschijn.

'Niet hier,' bezwoer ze. We liepen de zaal uit en ze nam

me mee naar haar bezemkast, achter het grote kantoor. Ze loodste me langs stapels ordners en bakken vol kopieerpapier. Je kon je amper omdraaien in dit hok. Doris wurmde zich achter haar bureau en hijgde: 'Marakech woont hier nog niet zo lang. Ik weet dat ze erg op zichzelf is. Maar ze mankeert niets.'

'Fijn!' zei ik. Ik draaide me om, stootte tegen iets hoogs: een toren van dossiers begon te wiebelen en stortte in elkaar.

Doris kreunde. 'Daar gaan de illegalen.' Ze keek wanhopig naar de vloer, die bezaaid was met mensenlevens.

Ik kreeg het zo warm dat ik weer weg wilde. De telefoon rinkelde.

Doris keek naar het toestel en vloekte. 'Niet nu.'

'Laat hem dan gaan.'

Ze keek op de display. 'Dat is Bouchard.'

'Nou en.'

'Hij weet dat ik hier ben.' Haar gezicht werd roder en roder.

'Hij belt vast over zijn soep.'

'Wat?' Haar staart was losgeraakt en ze propte haar haren snel terug in het elastiekje. 'Ik moet opnemen.'

Ik knikte en verliet de bezemkast. In de hal klonk geroezemoes van de vrouwen. De enige twee heren in het pand, Peet van de cursussen en de baliemedewerker, hielden zich schuil in het grote kantoor. Buiten scheen de zon. Ik keek naar de zwartgeverfde ramen van Bouchard. En verderop, op nummer 26, naar de stoffige ramen van Marakech.

Grote plannen herinrichting Rozenstraat

Wethouder Grotenbroek van Fysieke Infrastructuur presenteerde vorige week in een besloten vergadering op het stadhuis zijn plannen voor de Bloemenbuurt. In het kader van de stedelijke vernieuwing wil hij de volgende straten veilig, schoon en heel maken om zo te voldoen aan de eisen uit het Omegaplan 2010: de Meidoornstraat, de Amethiststraat, de Zonnebloemlaan, de Rozenstraat, het Irispleintje en het Ranonkelplein.

Met name de Rozenstraat wordt ingrijpend op de schop genomen. De huizen met de even nummers zullen geheel tegen de vlakte gaan, huizen met oneven nummers worden gerenoveerd, vanwege de fundering en mankementen als verzonken dakgoten. Het Irispleintje krijgt meer speeltoestellen. Bewoners krijgen binnenkort inzage in de plannen tijdens een informatieavond in Het Honk.

Voor vragen en informatie, bel de Rozenlijn, voor en door de buurt. Tel. 467 23 89.

* * *

Marakech nam de onregelmatige werkwoorden door. Het Nederlands is een berg regels en een stapel uitzonderingen, een kunstmatig stelsel dat je geen taalleerder kunt bijbrengen. *Zijn, was, geweest. Breken, brak, gebroken. Springen, sprong, gesprongen. Liegen, loog, gelogen.*

Begreep ze dat er geen enkel systeem in zat, ja een beetje, maar dat je daar niks aan had vanwege de uitzonderingen? Uitzonderingen zijn een ramp. Ik dacht aan Max, vooral aan zijn teentjes. Ik had ze al zolang niet geproefd, die tien kleine nopjes.

'Ik ga deze rijtjes stampen,' zei ze.

'Wat ben je toch ijverig.'

'Dat moet. Is hoebb Allah, liefde voor God.' Ze keek me doordringend aan.

'Je hebt een grote liefde voor God.'

Ze zweeg en bestudeerde rijtjes. 'S-t-u-d-e-r-e-n,' spelde ze toen.

'Ja, studeren, in de Koran,' sarde ik.

'Is belangrijk, juf,' zei ze, 'Ik moet veel goedmaken.' Ze greep naar de doosjes pillen en gooide ze op tafel.

'En Allah is daarbij een steun?' vroeg ik.

'Wij noemen dat de jihad al-nafs. Rustig maar, niks ergs. De strijd van de ziel. De ziel wil altijd de verkeerde kant op.' Ze pakte een draadje garen, wikkelde het in een vreemd patroon rond haar vingers en haalde het langs haar wenkbrauwen.

'Wat is dat?' vroeg ik.

'Epileren. Zo heet het, toch? Dit is beste methode, van moeder geleerd.' Ze ratste het garen langs haar wenkbrauwen en jukbeenderen en trok het strak tussen haar tanden. Er verschenen rode vlekjes rond haar ronde wenkbrauwen.

'Pas op voor je gevoelige huid,' zei ik.

'Hoe zou jij het vinden, dag en nacht tussen vier muren zitten, als in een kooi...'

'Precies,' zei ik. 'En daarom heb je hulp nodig, contact! Mensen!'

Ze barstte in snikken uit. 'Jij hebt gelijk, ik klop niet. Ik moet meer contact maken. Zeker, ik ben niet in orde.' Ze stortte alles over me heen, dat ze alleen beter af was, dat alles verknald was, het was beter zo, daarom was haar doel: een opleiding, enfin, ze hoopte dat ze me niet tot last was, ze keek altijd uit naar onze lessen, ze wilde zo verschrikkelijk graag verder komen, en dan kwamen de mensen vanzelf, daar vertrouwde ze op, op een dag zouden de mensen zich aandienen, de mensen die haar namen... zoals ze was.

Het werd stil. Ik zat verlamd op mijn stoel terwijl Marakech haar gezicht in haar handen verborg. Ik pakte een zakdoekje uit mijn tas en schoof het naar haar toe. Ze nam het aan en mompelde dankjewel. Als ze maar niet weer naar de keuken rende. Maar ze bleef zitten, depte haar ogen en keek me aan.

Ik moest iets doen. Ik kon haar zo niet laten zitten. Reinout had makkelijk praten; neem hun problemen niet op je nek, bewaar afstand, verwijs ze door naar de administratie, geef alleen je les.

'Weet je wat we doen,' zei ik. 'Weet je wat we doen? Ik zoek iets voor je, iets met mensen.'

We knikten allebei. Mensen, ja, mensen.

'Geef je 06,' zei ik.

Ik had allang iets bedacht. Maar ik moest het in etappes brengen, anders kreeg ze weer zin om te bidden. Dus ik ging naar huis en liet haar piekeren. Een paar dagen later belde ik op. 'Dit is iets voor jou,' riep ik. 'Hoor. Uit de buurtkrant.'

Echt iets voor haar. De renovatieplannen van de gemeente. De straat ging ingrijpend veranderen. Mensen wilden informatie. Had ze van de Rozenlijn, voor en door de buurt, gehoord? Een geweldig idee. Ik stond te zweten aan de telefoon. Dit moest ze doen. Ze hoefde de deur niet uit. Niemand zag haar. Ze bleef anoniem. Leek het haar leuk?

'Ik weet niet,' zei ze.

Ze moest ja zeggen. 'Het is goed voor je Nederlands.'

Ze twijfelde. 'Ik heb nog problemen met praten. Wat ga ik zeggen.'

'Praat over het weer. Of over hondenpoep. Daar zijn Nederlanders druk mee.'

**

Theo met de Baard coördineerde het en ze hadden altijd mensen nodig, omdat niemand het volhield. Hij zat in de bewonersvereniging en wist alles van losse bakstenen en gemolde bushokjes, opgeblazen vuilnisbakken en losloopzones voor honden en overlastplekken van jongeren. En van de Rozenlijn. Je moest er echt voor gaan, zei hij. Je hoefde de deur niet uit. Je mocht zelf weten wanneer je de telefoon liet doorschakelen. Ik legde uit dat mijn contactpersoon 's nachts vaak wakker was. En dat ze haar spreekvaardigheid moest vergroten.

Na een dictee over leenwoorden die zich definitief in het Nederlands hadden gevestigd, legde ik het haar nog eens voor. Marakech begon weer te protesteren. Het was gevaarlijk, ze kreeg enge mannen aan de lijn, ze konden haar adres traceren.

'Nee,' zei ik beslist. 'Het is veilig en leuk. Begrepen?' Ze mocht niet terugkrabbelen. 'Het zal je goed doen, tussen deze muren verveel je je kapot. Een verveelde geest doet rare dingen. En je kunt niet leven van boeken.'

Ze stemde weer in. 'Zolang ze mij maar niet...'

'Dat gebeurt niet.' Maar Theo met de Baard moest natuurlijk wel aan huis komen; voor de gegevens, voor het modem. Theo zou ook een lijst geven met hulpinstanties. En hij had het over een logboek dat ze moest bijhouden.

'Goh,' stamelde Marakech.

'Ja.' Ik sloeg mijn armen over elkaar en zei: 'Nu wil ik wel een sigaret van je.'

Ze bood me het hele pakje, ondertussen zag ik haar ogen heen en weer schieten. Ze trok wit weg en deed de sombere blik. Of ik er bij wilde blijven, of ik haar kon inwerken, ze vertrouwde het niet, je wist maar nooit, ze had geen ervaring met contact.

Ik kreeg de zenuwen van haar. 'Je hebt toch niks te verbergen?' vroeg ik.

2. Vertrouwen

Ik kon me beter niet te veel mengen in buurtproblemen, vond Luc tijdens het eerstvolgende bakje pinda's. Ik had een zak wokkels voor hem meegebracht, die hij leegstrooide in de tuin, voor de vogels.

'Het gevoel dat je steeds weg wilt,' zei hij, 'zoiets heb je niet voor niets.'

Ik hoefde niet meer weg. De komende tijd werkte ik aan het Vertrouwen.

'Dat vertrouwen, dat zit ergens in jou,' zei hij en tuurde zijn tuin in.

'Dan ga ik dat opzoeken en ermee praten,' sneerde ik.

Hij fronste en keek me bezorgd aan. Vooralsnog leek er weinig verbetering in mijn situatie te zijn, klopte dat?

Ik peuterde aan mijn nagels en begon over de toetsenist. Misschien maakte dat alles duidelijk. Ik vertelde hoe ik de toetsenist vergeefs op zijn mobiel had gebeld. Dat hij steeds niet opnam. En dat hij na een uur terugbelde en zei: wat leuk dat je drie keer belt. Ik voelde dat Luc mijn gezicht bestudeerde en vroeg: 'Is het zo erg als je iemand drie keer achter elkaar belt?'

'In jouw geval wel. Jij duikt erin als een terriër.'

'Ik wil het even niet over honden hebben.'

'Zie je wat ik bedoel?'

Het duizelde me en ik kreeg het weer warm. 'Leg me gewoon uit hoe ik nummerweergave uitschakel.'

Luc dreunde op: sterretje eenendertig sterretje. 'Hoe liep het af,' vroeg hij toen.

Slecht. De toetsenist had verbaasd gereageerd. Iets afspreken? Waarom dan? Hij was namelijk busy, very busy. Optredens hier, daar. Crazy like hell, weet je. Hij speelde met de big guys van Nederland. Waarom gebruikte hij zoveel Engelse woorden? vroeg ik hem.

'Wat zei hij,' vroeg Luc.

'Sorry, schatje, dat is incrowd, weet je, je moet internationaal zijn om te overleven, in deze business.' Dat lukte hem heel goed. En daarom, lieve schat, had hij weinig tijd – hoewel de nacht met mij in zijn geheugen gegrift stond en hij mij het beste van het beste gunde.

Luc leunde achterover en zweeg.

Ik ook. Maar er kwam geen volgende vraag, dus ik praatte door. Hoe ik terugging naar de nachtclub en aan de bar zat, met Spa rood en gamba's. Als de werkelijkheid het laat afweten, blijven de relikwieën over; de afgodbeeldjes en de posters van popsterren en de fanclubdagen. Maar ik had alleen de gamba's, die ik vanwege mijn zeedierenafkeer niet eens lustte. Bezoekers bestelden aan de bar gamba's en braken ze open. Ik wachtte of ze hun vingers net zo aflikten als de toetsenist maar niemand leek op hem. De mannen stonden zich weer tegen de muur te vervelen.

Luc's hand zweefde boven het bakje.

'En het werd later en later,' ging ik door. 'En toen het glittergordijn opzij werd geschoven gebeurde er niets.'

'Niets,' zei Luc.

Niets. Geen vrouwen op legerkistjes, geen mannen met

paarse pruiken. Het was de verkeerde avond. Later, veel later die avond, toen de geur van gamba's inmiddels mijn neus uit-kwam, zag ik hem zitten. Achterin de zaak zat de toetsenist aan een tafeltje te dineren met een meisje.

'En ze aten gamba's,' zei Luc.

Ik slikte en schoof de mijne opzij. De barman vroeg of er iets niet in orde was. Ik had een zeepsopsmaak in mijn mond. Nog voordat hij me mijn geld kon teruggeven, stond ik buiten en haastte me naar mijn fiets. Ik racete over de Boulevard, tot aan het eind, bij het kruispunt met de stadsfontein. Auto's, trams, bussen en scooters scheurden in alle richtingen langs de waterstralen. Ik wachtte voor het stoplicht en botste tegen een chador op.

Ik vloekte. 'Ik kom alleen nog maar burka's tegen. Ver-domme! We leven in een vrij land, weet je?'

De chador parkeerde de fiets en liep op me af. Oh nee, ook dat nog. Om ons heen raasde het verkeer en spoten de fontei-nen de hemel nat. Taxi's toeterden en trams piepten, jongens joelden vanuit open raampjes naar ons. De chador kwam vlak voor me staan en zei: 'Josje, wat doe je?'

'Oké,' zei ik. 'Ik ken je stem.'

'Ja,' onderbrak Luc, 'in stemmen ben jij goed. Maar wie was ze dan?'

Ik stond te bibberen van de nachtclub, de toetsenist die het te druk voor me had, maar niet te druk voor een etentje. Ik wilde naar huis, de herrie van het plein klonk als een kaka-fonie. 'Marakech,' zei ik.

'Wat,' vroeg ze vrolijk.

'Nou,' zei ik. 'Jij. Hier. Nu.' Ik rilde.

Marakech begon te giechelen onder haar zak.

'Dus dit is jouw tijd,' zei ik en wilde verder fietsen.

De schouders van de zak gingen omhoog. 'Ik kan niet slapen, Josh. Soms ga ik fietsen.'

'Je bent erop gekleed.'

'Ga jij uit?' vroeg ze.

Ik moest lachen. Ik stond te praten met een zwart gewaad. Ze was volkomen onzichtbaar en toch zag ik aan alles dat het Marakech was. Ik kende haar beter dan de toetsenist en nu stond ik bijna te huilen. Ik lachte. Er viel niets te huilen als je een éénnachtsjongen bij toeval met een ander terugzag. Eigenlijk moest ik huilen om Marakech, die midden in de nacht in een zwart gewaad over het plein fietste. Alles dwarrelde door mijn hoofd. De gamba's, de toetsenist, zijn hand om zijn eikel en het gegrom.

Luc leunde achterover in zijn stoel. 'Wat doet dat met je?'

'Dit. Knoop in je oren: pret maken is eenmalig. Alles wat je langer dan twee keer met iemand deelt, komt in de gevarenzone.'

En toen keek ik weer naar de zwarte zak en lachte nog harder. We stonden als twee zakken naast elkaar, terwijl de nacht tot leven kwam met feestvierders, snuivers, dansers, players. En ik zei tegen haar: 'Marakech, ik ben moe. Ik heb mijn dag niet.'

Ze boog zich naar me toe. 'Kan ik helpen, Josha? Jij bent verdrietig?'

Verdriet.

Luc ging rechtop zitten en bestudeerde mijn gezicht.

Ja, wanneer had ik voor het laatst verdriet gehad. Bij de rechtbank? Bij de geboorte van Max? De blik in zijn pasgeboren ogen, die opengesperde ogen waarin ik mijn paniek zag, waarin ik het wantrouwen van Erik zag en de ijsschots van onbegrip die ons uiteendreef? Die dag? Of was het later, op onze laatste vakantie in de tent, toen ik hem tijdens het vrijen per ongeluk Noël noemde: de receptionist van de camping. Maar ik zei tegen Marakech: 'Weet je wat mij verdrietig maakt? Dat jij hier in een zwarte cape fietst.'

De schouders van het gewaad gingen omhoog en omlaag.

'Wat mij nog verdrietiger maakt, Marakech... is dat jouw leven... een fabel is.' Dat ze in een omgekeerde wereld leefde: waarom ook niet. Dat ze zich continu verstopte: best mogelijk. Maar waarom. Het geklater van de fontein woei onze kant op.

'Je snapt het niet,' zei ze toen.

Een broesem van fonteinwater vloog langs mijn gezicht.

'Ik heb lange weg te gaan.'

Het gewaad bewoog druk. 'Wij leven in een theater, Josha, omdat wij niet anders horen. Waarom. Omdat we straf krijgen. Straf voor ons plezier.' Er klonk een zucht. 'Het moet. Je bent een gevaar voor de familie, voor het dorp, voor de mannen. Wij leren van jongs af aan: schaam je, schaam je. Laat niet merken wat je doet, wie je bent of waar was je. Het is een complot en de vrouwen doen mee. Ze houden je in de gaten, elk uur van die snikhete dag. Je moet klusjes doen, water halen, de vloer vegen, je zusje verschonen, alle mogelijke klusjes om te voorkomen dat je gaat ademen en plezier maken. Gaat nadenken, over je eigen wensen. Je hebt die wensen niet. De vrouwen, onze zusters, slaan ze eruit.'

Het ruisen van de fontein werd overstemd door getoeter, geraas, gerinkel van het verkeer. Hoeveel lawaai kon ik nog verdragen.

'Ze roddelen, Josha, de vrouwen. Ze praten, ze fluisteren. Ik leef in theater en ik kan niet uit mijn rol. Maar sinds een paar maanden leer ik dat ik geen rol hoef, dat het genoeg is.' Ze werd stil. Een auto stoof luid claxonnerend voorbij. Toen zei ze: 'Ik ben wie ik ben, zover ik weet wie is dat, want ik moet graven, heel diep, om mijn wens terug te vinden. Mijn wensen gaan tegen het geluk van de groep. Gaan over mij, en ik heb nooit geleerd dat ik besta.' De chador stond onbewogen en pikzwart. 'Snap je.'

Ik begreep het. Zo goed dat ik misselijk werd. Misschien ging ook ik tegen het geluk van de groep. Mijn adem zat te hoog en ik had het koud. 'Je bent wie je bent. In een chador.'

Ze zweeg.

'Waarom 's nachts?' vroeg ik.

De chador begon te drentelen. 'Waarom, waarom. Altijd vragen jullie *waarom*.'

Ik sloeg mijn armen over elkaar om de wind uit mijn jas te houden. Het plein raasde en joelde. De neonlichten van bars en restaurantjes flakkerden uitnodigend. 'Laten we ergens gaan zitten. Ik word gek van de herrie,' zei ik.

Ze schudde haar hoofd. 'Ik ga fietsen nu. Sorry. Als ik lieg. Loog.' Haar stem klonk paniekerig. 'Maar jij blijft mij lesgeven. Ja toch?'

'Wat dacht je,' zei ik en zocht haar hand onder het gewaad. Hoe redde ze zich hier toch in. Ik greep in het zwart en zei: 'Ik blijf jouw docent. Wat er ook gebeurt.' Toen kwam mijn adem zo hoog dat ik bijna moest kokhalzen. Alles wat langer dan twee keer duurt, komt in de gevarenzone.

Luc wierp een blik op zijn horloge en stond op. 'De gevarenzone van dit gesprek is verlopen,' zei hij. 'Wegwezen.'

***

'Goed,' zei Theo met de Baard. 'Iedereen kan dit leren, dus we gaan ervoor.'

Marakech zat in elkaar gedoken bij de tafel terwijl ik met Theo over de grond kroop om snoeren en stekkers naar de telefoonlijn te pluggen. 'Dit is een belangrijke stap,' zei ik.

'De Rozenlijn is altijd belangrijk,' zei Theo.

'Het moet privé blijven.'

Theo kuchte. 'Mijn vrouw is ook privé.'

'Ik bedoel: echt privé.'

Hij was die avond de deur nog niet uit of de Rozenlijn rinkelde. Marakech zette de luidspreker aan, drukte op een knop en zei 'Hallo'. Dat was alles. Ik schoof mijn stoel achteruit en keek toe. Ze vergat me. Ze luisterde naar de beller en ging op in een verhaal. Elke keer opnieuw. Het ging vanzelf. Maar ze wilde dat ik bleef. En de volgende avond ook. En de avond erna. Ik zat erbij en luisterde. Ik had er niks te zoeken maar ze kon niet geloven dat ze dit zonder mij afkon. Ze voerde vloeiende gesprekken met tante Ans en oom Wim. Met Corrie van de duiven en met Joop van het café. Maar als ik zei hoe goed het ging, zei ze boos van niet; het leek maar zo, het was een rol, ze deed maar wat. Dus ik moest blijven. Kijken. Luisteren. Ik mocht de kamer zelfs niet uit, ik moest in de buurt zitten.

En de bewoners belden. Binnen de kortste keren wist Marakech alles over de buurt; vooral doordat de bellers zoveel vertelden. Zij hoefde alleen maar 'Hallo?' te zeggen en de woorden stroomden als telexberichten de kamer in. 'Hallo?' De mensen vroegen haar de oren van het hoofd, maar het liefst gaven ze ook het antwoord. 'Wat gek,' concludeerde Marakech na een paar diensten; dat mensen het liefst zelf praten. Dus hield ze haar mond en zei alleen 'Echt waar?' of 'Dat is niet niks.'

Aan de telefoon heette ze Samira en de meeste bellers noemden dat schattig, ze hadden behoefte aan saamhorigheid, aan hapjes. Marakech deed steeds vrolijker en zei dat de buurt en de sloopplannen heel belangrijk waren. Dat het niet mocht gebeuren, nooit.

Ik hoorde alles aan en dacht ondertussen aan Max. En of ik mijn advocate nu kon bellen voor een bezoek. Of ik nu kon beginnen over de bezoekregeling. Ik begon aan meer privécursisten te denken, dit was pas lesgeven. Maar toen Reinout belde om te vragen naar de voortgang, verzweeg ik de Rozenlijn; ik besprak de details van mijn lesplan liever niet met het hoofdkantoor. Als ze me lieten begaan, kwam het met Marakech helemaal goed.

***

Ik wilde naar huis toen er een hoop gekraak door de luidspreker kwam. Iemand meldde zich met ruis en een zware ademhaling. Marakech zei nog een paar keer 'Hallo?' en verbrak de verbinding. Even later bliepte de telefoon opnieuw.

'Hallo?' zei Marakech zo opgewekt mogelijk.

'...'

'U spreekt met de Rozenlijn, voor en door de buurt. Waarmee kan ik u helpen?'

'Bon, eh...'

'Probeerde u ons daarnet ook te bereiken?' zei Marakech kalm. 'We hadden beetje ruis.'

'Ah, goeienavond. Hier een buurtgenoot...'

We zaten rechtop en keken elkaar aan. Marakech bewoog met haar hand: blijf, blijf. 'Met wie?' vroeg ze.

'Spreek ik met u?' klonk het.

'Ja, u spreekt met mij,' antwoordde ze. 'Hoe gaat het.'

'Eerlijk te zeggen... nee.' Er volgde een stilte vol gereutel. 'Niet goed.'

'Vertel,' zei ze en joeg ondertussen de vlam in een sigaret.

'Wat kan ik u zeggen, juffrouw...'

'Samira voor u.'

'Ah, romantische naam. Dat klinkt als... een vrouw uit Duizend-en-één-nacht.'

Marakech zat doodstil. 'Maakt u zich ook zorgen over de plannen voor onze straat?'

Er klonk diep gezucht door de lijn. 'Die plannen zijn onze ondergang, mademoiselle.'

'Ach, zo'n vaart loopt het niet.'

'Loopt het keen vaart? Juffrouw, ik loop al heel lang mee, ik zeg u, dit is de genadeslag, waarvoor ik heb al heel wat veldslagen gevoerd. Wij moeten in actie komen en daarom bel ik. Ik lig wakker.'

'Het is wel laat voor actie, meneer.'

'Pas du tout, niks daarvan, wij komen nu in actie.'

'Slaapt u 's nachts niet?'

'Wij mogen geen tijd verliezen, Samira, absoluut niet. Het is vijf voor twaalf en - '

Ze keek naar de klok aan de muur. 'Meneer, er is binnenkort een informatieavond in Het Honk.'

'Ah, de informatieavonden.' Er klonk amechtig gelach door de luidspreker. 'De avonden... zijn een complot, Samira, hoor je, een complot tegen de democratie, tu comprends?'

'Bien sûr.'

Het was stil, op het diepe ademhalen na. 'Uw accent, juffrouw...'

'Ja?'

'Uw accent... Het is erg mooi. Dat klinkt als een manestraal in woestenij, als een valk in duikvlucht. Als de provençaalse zon op geregend asfalt.'

'Ik zou graag eens naar Frankrijk gaan,' zei ze.

3. Vrienden

Ik maak veel nieuwe vrienden, schreef ik.

Ik zat aan een feestelijk gedekte tafel in de wijnproeverij. Op het damasten kleed stonden de champagneglazen naast roomwitte kaarsen, rozenblaadjes lagen quasi toevallig tussen borden en bestek. Over een half uur moest ik weg, zei de bediende, vanwege een trouwerij.

Ik maak veel nieuwe vrienden. Marakech vertrouwt me nu. Vertrouw ik haar? Haar zelfvertrouwen groeit dankzij het baantje dat ik haar bezorgd heb. Verder zegt ze in een boekengroepje te zitten. Ze gaat naar de bibliotheek. Ik krijg geen indruk van de familie. Ze doet erg gelovig. En ze leeft in een theater, zegt ze. Heeft ze echt CPLD? Ze geeft aan voornamelijk 's nachts te leven. Ik kwam haar tegen op de Boulevard. Nieuwe vrienden. De buurman, Bouchard, weet alles van paddestoelen. Hij wil een keer een excursie organiseren om ons in te wijden in de geheimen van de zwam. Hij kan goed koken, hoewel ik nog niet durf te proeven. Hij heeft een hekel aan theater. En aan de gemeente. Ik betwijfel of hij ooit beroepsmilitair is geweest. Vrienden. De toetsenist heeft het druk. Ik zag hem in de nachtclub en er was iemand bij hem. Maar ik voel dat er iets tussen ons verandert. Ooit gaf jij me je vriendschap, Erik, maar die bleek niet erg exclusief. Ik vraag me af wat vriendschap is. Ik heb de tijd om daarover te denken. De uren dat ik luister naar Marakech, is dat vriendschap. Als ik de klaagzang van Bouchard aanhoor? Ik laat de toetsenist met rust, zodat hij creatief kan zijn. Is dat vriendschap? Hij zegt dat hij zo naar me verlangt. Erik, wat denk je? Toen jij destijds niet met me meeging naar het ziekenhuis, was dat vriendschap? Drie maanden na onze kennismaking raakte ik zwanger en had ik die miskraam. Toen ik na de curettage wakker werd op de afdeling, stond er een verpleegster in opleiding bij mijn bed. Ik huilde van de buikpijn. Ze glimlachte en zei dat ik toch echt zelf voor abortus had gekozen; op het kaartje aan mijn voeteneind stond abortus-nog-wat, de medische term voor miskraam. Erik, waar was je toen. Ik maak nieuwe vrienden, Erik. Maar mijn leven is stuurloos zonder Max. Ik smeek je om, alsjeblieft, toe te staan dat hij een weekend bij me is. Of een zaterdagmiddag. Laat deze e-mail alsjeblieft niet aan je advocaat zien. Ik zie nu dat –

De deur van de wijnproeverij zwaaide open en tegelijk met de wind kwam de bruid in zalmroze satijn en kant naar binnen gewaaid. Achter de bruid dook de bruidegom op. Mijn pen viel en ik dook naar de grond. De toetsenist, de toetsenist, hij trouwde, hij deed het gewoon, hij wel, in een zwart pak, op staalharde laarzen.

Alles is een keuze, schreef ik. Vertrouwen. Vrienden.

De bediende maakte vanachter de counter drukke gebaren dat ik bij de feesttafel weg moest. Ik frommelde mijn aantekeningen in mijn tas en beet keihard op de pen. Nu kwam ze naar me toe en legde haar hand op mijn schouder. 'Deze tafel is gereserveerd, dat ziet u toch.'

'Maar ik ken die man.'

Ze dacht na en boog over me heen. Ik rook haar zweet vermengd met deodorant. 'Maar bent u dan uitgenodigd voor de receptie?' vroeg ze.

Ik viel bijna van de stoel. 'Dat weet ik niet,' zei ik. 'Het zou kunnen. Misschien heb ik de uitnodiging over het hoofd gezien.' Ik stond op, duwde haar opzij en wilde verdwijnen maar van alle kanten dromden de gasten om me heen, opeens stond ik tussen een vader en moeder, een schoonvader en een schoonmoeder, bruidskinderen, de broers en zussen, neven en nichten. Iedereen schaarde zich rond de tafel, en de kurken knalden tegen het plafond. De toetsenist kwam naar me toe en zei in mijn oor 'Hi.'

Ik keek naar zijn loensende oog. 'Wat leuk voor je,' zei ik. 'Je hebt het er maar druk mee.'

Hij bewoog alle kanten op. 'Schatje, heel druk, heel druk. Een gekkenhuis. Het is zo snel gegaan, die dingen lopen raar, heel raar.' Hij greep mijn hand, gleed met zijn toetsenvingers over mijn pols. 'Kijk, mijn ring,' zei hij. 'Goed hè.'

Ik keek naar de bruid in zalmkleurig satijn. Haar gezicht was ook zalmkleurig en ik kon geen spoor van een scratch in haar ontdekken. Ze ging zitten en de trouwjurk dijde uit rond haar stoel. Haar stem klonk goed, ze had de stem van een secretaresse. 'Gefeliciteerd,' zei ik tegen de toetsenist. 'Trouwen is helemaal terug.'

'Ach,' zei hij, 'zij en ik, het ging in een flash. We waren opeens maatjes.' Hij keek me iets te lang aan, greep een glas champagne en drukte het in mijn handen.

'Ja, champagne,' zei ik.

Hij hoestte luidruchtig en gaf me een kus. Hij droeg ook een nieuwe aftershave.

***

De hypnotherapeute schreef op luchtpostpapier: 'Luister, je

bent een geval apart. Hopelijk heb je geluk. En onthoud: het is niet de twijfel die gek maakt, maar de zekerheid.'

Ik staarde naar het handschrift en het knisperende luchtpostpapier. Zat ze nu opeens in het buitenland? Ik keek naar de zinnen. Het is niet de twijfel die gek maakt. Maar de zekerheid. Wat is nu werkelijk zeker? Was het zeker dat Max bij zijn vader opgroeide, dat ik niet meer dan een weekendmoeder zou zijn, die dagen in de dierentuin slijt met een onbekend kind, de rapportavonden misloopt en zijn eerste vriendinnetje niet bij naam kent? Was het twijfel of zekerheid dat ik te labiel was, of steeg dit beeld op uit de ondoorgrondelijke vaktaal van psychiaters en psychotherapeuten? Was het onweerlegbaar zeker dat groene zeep vlekken uit mijn tapijt verwijderde? Dat ik me als docent zou herstellen na niet nader te noemen meningsverschillen op diverse scholen? Dat de toetsenist en zijn bruid allang bevriend waren toen hij weerloos als een aap in mijn bed lag? Dat Marakech in een chador zou blijven leven? En dat Bouchard met haar flirtte via de Rozenlijn, zonder te weten wie ze werkelijk was?

Ik legde het luchtpostpapier als een servet voor me op tafel en keek mevrouw S. aan.

Ze sloeg haar armen over elkaar en trok een strakke mond. 'Josha, je zit te raaskallen.' Daarna strekte ze haar armen over de tafel en schonk thee in. 'Met dit soort verhalen moet je niet aankomen. Laten we maar om uitstel vragen.'

'Ik ben kalm als een duif,' zei ik. 'Een mens moet toch van dingen op aankunnen?'

'Je kunt er van op aan dat het goed gaat met Max,' antwoordde ze en trok het blauwe briefpapier van de hypnotherapeute naar zich toe.

Ik vloog overeind en griste het uit haar handen.

'Vertrouw je me niet?' Haar strorode haren pluisden in het

tl-licht.

'Eerst dat dossier dicht,' zei ik. Straks werd dit ook nog als bewijs gezien. Ik werd gek van bewijzen.

Ze legde mijn map weg en vroeg: 'Maar hoe gáát het?'

Slecht. Ik trok het niet. Alles was modder in mijn hoofd. Ik had weer een mail aan Erik verstuurd.

Ze knikte stroef en zei: 'Je belt hem ook steeds.' De telefoon begon te bliepen.

'Niet.'

'Kom, ik krijg die waarschuwingsbrieven, net als jij.'

Dat hoofd van haar. Ik kon het niet aanzien. Ik trommelde met mijn vingers op de tafel. 'Mevrouw S., ben je weleens wakker geworden met het idee... met het idee... met het idee...'

'Eh, ja...?' vroeg ze, terwijl ze de beller wegdrukte.

'... met het idee dat echt alles voor niks is geweest? Dat waar je ook naar omkijkt, dat dat onzin blijkt. Tijdverspilling. Dat je nog beter vakkenvuller had kunnen zijn, al die jaren. Dat je... dat je... dat je...'

Mevrouw S. tikte met haar wijsvinger op haar horloge.

'... dat je hoe dan ook met lege handen staat. En dat dat je enige zekerheid is?'

Ze wierp een minachtende blik op het handschrift van de hypnotherapeute en schikte driftig haar kapsel. 'Josha, ik verzoek je met klem om je contacten voortaan met zorg te kiezen.'

'Je bedoelt vrienden.' Ik dacht aan de Rozenstraat. Als ik naar de stad ging, fietste ik door de Rozenstraat. Op weg naar mevrouw S. reed ik met een boog via de Rozenstraat. Mijn lesgroepje in West lag plotseling vlakbij de Rozenstraat. Alles draaide om de Rozenstraat. Goed werk doen. Geef jezelf helemaal, Josha, je kan het. Max terugverdienen, moeder worden, sporen wissen, alles beter doen, beter dan ooit. Ik speurde in winkels naar het parfum van Marakech, maar geen drogist begreep mijn uitleg van 'bittere mandarijnen en amandel met een vleugje witte roos'. In een import-exportwinkeltje kocht ik de henna die ik bij Marakech had gezien en verfde mijn haar. Als Marakech in de keuken was of naar het toilet ging, dook ik in de stapels boeken. Wat las ze, wat dacht ze, wat voelde ze. Ik snuffelde bij haar kaptafel. Welke mascara gebruikte ze, waar haalde zij die geurkaarsen. Wie was ze, wat gaf haar die trots, dat onaantastbare, zelfs als ze 's nachts in een chador over de Boulevard racete. 'Vrienden...' zei ik, 'komen soms uit onverwachte hoek.'

Mevrouw S. keek dromerig door me heen: 'Via je werk bijvoorbeeld.'

Ze had blijkbaar iemand in gedachten en het lag op mijn lippen om te vragen of ze getrouwd was, hoe ze ervoor stond, of zij had kennisgemaakt met de zekerheid. Maar ik wilde weg. Naar Marakech. Voor haar begon de zekerheid, de tot waanzin drijvende zekerheid, nog maar net.

***

Ik schopte mijn laarzen uit, wurmde mijn voeten in de lila slippers en liet me op een stoel duwen. Marakech beende op naaldhakken door de kamer. Ik keek naar mijn slippers. Was de schoenenregel opgeheven? Ze zei zenuwachtig dat Bouchard weer gebeld had. Vroeger was het: welk thema doen we, nu werd het: hij belde. Hij zegt mooie dingen.

'Mooie dingen,' zei ik en telde zesendertig spiegeltjes op mijn slippers.

Ze keek me wantrouwend aan. 'Kom je me lesje leren, zus?'

'Zeg,' begon ik.

'Laat me. Het is een spelletje.'

Ik haalde mijn spullen uit mijn tas en zette mijn mobiel op brommen. 'Een spelletje. Wat doe je die man aan.'

'Nou en,' zei ze. 'Er bestaan ergere dingen. Er zijn veel dingen uit de hand gelopen bij mij.' Ze zwierde door de kamer. 'Vind je niet grappig?'

'Vind jij CPLD grappig?'

'Welke cd?'

Leugenachtig serpent; de medische term van haar eigen ziekte zei haar niets. Natuurlijk niet, ze had geen huidziekte. Alles was verzonnen, en alleen zij wist waarom. Waar kon ik van op aan, als ze elke dag een ander gezicht liet zien. Ik spreidde mijn kopieën op tafel en probeerde haar tot complexe bijzinnen te verleiden. De bepaling van gesteldheid, interjecties, de tangconstructie die ambtenaren graag bezigen, dat moest ze toch leren?

Ze haalde haar schouders op. Nu Bouchard haar elke avond op de Rozenlijn belde, leek ze overdag nog vermoeider en afweziger. Opeens keek ze me donker aan. 'Josha, dankzij jou heb ik dit baantje. Ik verdien geen cent daarmee. Hollandse zuinigheid. Dus mag ik beetje lol maken.'

Ik duwde de bijzinnen naar haar toe, maar ze keek naar het plafond en vervolgde: 'Als ik beetje leuke tijd heb... Liefde is voorbij. Ik heb gehad en ik leef nog – ' Ze deed weer zenuwachtig en liep naar de keuken.

'Natuurlijk leef je nog,' riep ik de gang in, 'van liefdesverdriet ga je niet dood.' Ik liep naar de schouw en noteerde het merk wierook dat ze vandaag brandde.

'Nee, zeker niet,' riep ze, 'daarvan niet.' De rest van de les zweeg ze koppig. Ze zette de komma's verkeerd en gooide werkwoorden door elkaar. Plotseling stoof ze op, liep naar de achterkamer, dook in een kast naast haar bed en kwam terug met een map. 'Hier,' zei ze. 'Lees maar.'

'Wat is dit.' En ik schoof de map terzijde.

Ze klonk boos. 'Lees het.'

'Goed. Mag ik het meenemen.'

'Doe maar.' Ze pafte twee sigaretten weg en praatte druk; ik moest het eigenlijk zo zien: ze gaf mij een gesprek mee. Een gesprek dat we anders vroeg of laat zouden voeren, want ze zag me als een grote zus.

'Een grote zus,' herhaalde ik en vroeg me af of ik dat wilde zijn. Of ik ooit nog iets voor iemand wilde zijn. En toen ik thuis kwam, legde ik de map op tafel en staarde er een hele tijd naar. Ik had geen zin in dit gesprek met Marakech. Maar ik sloeg de map open. Vergeelde enveloppen, handgeschreven briefjes, krantenknipsels. De bel.

De bel! Ik verstopte snel de map van Marakech onder een stapel lesspullen en kranten en rende de trap af. Een bezorger duwde een boeket onder mijn neus. 'Bloemen voor mevrouw.'

Ik schudde mijn hoofd. 'Dat zal een vergissing zijn.'

'Oh.' De bezorger bekeek het kaartje nog eens en zei: 'Maar woont hier een Josha?'

Ik duwde mijn hoofd tussen de bloemen en spelde het kaartje. 'Ik bewonder u. Glasnost.'

De bezorger vroeg of het klopte. Hij had nog meer bloemen te bezorgen, namelijk, een auto vol. Hij was om vijf uur vanmorgen begonnen. Lange dagen waren het. En zijn kind was ziek, dus hij wilde vóór de file naar huis. Hij bestudeerde het naamplaatje naast de voordeur. Was ik nou wel of niet Josha? Hij vond dat ik erop leek.

'Hoe bedoelt u?' vroeg ik. En wie was in hemelsnaam Glasnost.

'U heeft iets.'

'Dankje,' antwoordde ik, 'voor de bloemen.'

Hij bleef maar staan en zei: 'Ze zijn niet van mij, ik bezorg alleen.' Achter hem draaide het busje stationair.

'Je wilde toch voor de file thuis zijn?' vroeg ik en snoof aan de bloemen.

Hij knikte.

'Wat heeft je kind eigenlijk?'

Hij trapte een steentje van het pad. 'Ze kunnen niks vinden. Ze weten het niet.' Een diepe zucht. Ze hielden mensen tot hun negentigste in leven. Je kon niet doodgaan. Als je niet wilde eten, kreeg je het door een slangetje. Maar van zijn baby wisten ze het niet. Zijn kind ging dood aan de onzekerheid. Hij draaide zich met een ruk om en liep snel het pad af.

Ik frummelde aan het bladgroen. Waarom propten ze een boeket altijd vol met bladeren? En wie stuurde mij dit boeket vol takken en bladeren?

***

Er kwamen rozen bij Marakech; Theo met de Baard bezorgde ze. Er kwamen ook ansichtkaarten met hartjes en poesjes. Allemaal via Theo, die bezorgd vroeg of het goed ging met de privacy. Ik corrigeerde een schrijfopdracht die ze net had ingeleverd.

'Uitstekend, dankuwel,' antwoordde Marakech. Ze droeg een gebloemd jurkje en hoge hakken en had haar haren met pinnen opgestoken.

Theo slurpte zijn koffie. 'Weet u wie de gever is?' vroeg hij.

'U misschien?' vroeg Marakech. Ze bood hem een sigaret aan.

Hij bloosde tot in zijn boord en zei: 'Geen idee.'

Ze keek hem vals aan. 'Dan staan we quitte.'

Hij slurpte weer van zijn koffie. 'De mensen zijn erg blij. Ze zien u als een baken, een baken van saamhorigheid.'

'Dat ben ik ook, ja, ik ben een baken,' concludeerde Marakech.

Ik keek naar het plafond van dit baken, een plafond vol gele kringen van oude lekkages. Tegenover mij zat het baken zelf en het straalde tussen boeketten rozen en valentijnskaarten, hoewel het half april was.

Toen Theo weg was, begon ze de nacht uit de doeken te doen: 'Meestal belt hij na elven. Josha, luister!'

Ik legde het schoolwerk opzij. 'Vertel maar weer.'

'Hij begint aarzelend... alsof hij twijfelt, draait, ijsbeert.'

Ik dacht aan zijn zwarte bakelieten telefoon op de antieke koffietafel. 'Hij ijsbeert niet,' zei ik, 'hij heeft geen looptelefoon. Hij heeft een smerig bankstel waar hij op zit als hij belt. Hij zit in een blauwe onderbroek met een remspoor en hij krabt aan de puisten op zijn benen.'

'Josha! Heb je geen hishma?' Ze bedekte haar gezicht alsof ze zich schaamde.

'Nee, ik heb geen schaamte. Jij?'

Ze keerde zich van me af.

Terwijl hij haar zat te vleien, kneep hij die puisten uit en leegde de inhoud in een petrischaaltje voor zijn mycologische onderzoekjes.

'Hou op,' riep ze.

Ik dacht aan de vitrinekast met paddestoelen; het genot toen hij me de dodelijke knolamaniet had voorgehouden. Die geheimzinnige groene knol, die hij plukte bij Haarlem en Alkmaar.

Ze draaide aan haar haren. 'Nee, je hebt helemaal fout. Hij maakt de werkelijkheid beter. Begrijp je. Vannacht nam hij me mee naar de woestijn.'

'De woestijn.'

'Ik ken de woestijn, Jos, ik ken het. Ik geloof hem, hij heeft alles meegemaakt.' Ze vertelde over de woestijn, hoe ze reisden op kamelen en hun kamp opsloegen bij een oase. Hoe ze werden bewaakt door gidsen die een schaap voor hen slachtten. Haar ogen glommen. 'Onze tent was helemaal versierd, met lampionnen en belletjes. Het was daar heel koud en we kropen onder dekens en telden de lampionnen.'

'Lampionnen.'

'Geroosterd schapevlees,' knikte ze.

'Hij heeft een kooktic,' zei ik.

Ze lachte geheimzinnig. Sprak over vallende sterren en flakkerende vuren. Ze zweeg. Na een tijdje zei ze: 'Maar dat is niet alles. Als we terug zijn, ik bedoel van onze droom, dan brengt hij me voor de deur hier. En dan praten we over de straat, het einde van de straat.' En ze deed na hoe droevig hij daarover sprak.

Allicht, dacht ik. Die man kan nergens heen. Geen straat wil hem.

'Dit is zijn leven, Josha.'

'Bouchard heeft geen leven.'

Marakech keek me minachtend aan. Ze had met Bouchard een plan bedacht, een tegenplan. Een middel om de sloop tegen te gaan, om de vooruitgang te stoppen. Voor alle mensen in de straat.

'Jullie zijn twee fantasten,' zei ik. 'Als je het voor de mensen doet, moet je het met hen bespreken. Jullie maken elkaar gek met dat belspelletje. Weet hij wie je werkelijk bent? Nou dan. Vergeet het maar. Nederland is een land van verzoekschriften en klachtenbrieven en procedures. Of je moet op een kameel de straat willen veroveren en de wethouder aan een spies rijgen.'

Ze nam me doodernstig op en duwde haar neus in een bos witte rozen.

***

'Noem je dat vrienden?' vroeg Erik. 'Noem je dat vrienden?'

'Stil,' zei ik. 'Je kent me niet terug. Ik ben zo veranderd.'

Hij barstte in lachen uit en zei dat hij mijn e-mail aan de advocaat zou overleggen. Op de achtergrond hoorde ik muziek. Was Hilde er? Hadden ze Max ingelijfd in een nieuw gezinnetje? Wist Max nog wie ik was? Ik probeerde rustig te ademen. 'Wanneer kan ik Max nou zien.'

Hij zuchtte: 'Als je deze toon aanslaat, hang ik weer op. Ik dacht dat we normaal konden communiceren.'

'Als ik met jou kon communiceren...'

Hij begon weer te grinniken. 'Jos, Jos, schei toch uit. Niemand kan met jou communiceren. Jij hebt het invoelingsvermogen van een vrieskist. Je hele familie trouwens is...'

'Laat hen erbuiten.'

'En die moeder van je.'

'Waarom bel je haar dan elke week?'

Vanwege de vlekkentips, zei hij.

Geen moeder wist zoveel over vlekken. Mijn moeder was vlekkenexpert dankzij het geldgebrek van haar ouders. Na de lagere school was ze aan het werk gezet. Kinderen zijn een goede bron van inkomsten. Ze mocht niet naar de middelbare school, ze moest van werkhuis naar werkhuis. Op haar knieën kroop ze over boerenkeukentegels, een meisje van dertien, blozend, dag in dag uit, op haar hurken boende ze trappenhuis na trappenhuis, klopte matten, wreef de planken, de lampen, veegde de stoepen en roerde de soepen van burgerdames. In de paar uurtjes per dag die ze voor zichzelf had, spaarde ze plaatjes van filmsterren. Die knipte ze uit en hing ze boven haar bed. Ze bestudeerde de pettycoats en de suikerspinkapsels net zolang tot ze ze kon imiteren; ze naaide rokken, bloesjes en jasjes voor zichzelf en ze wrong haar rode haar tot een Grace Kelly-rol. Ze oefende een zoenmond en een filmsterrenlach; ze ging er zo in op dat ze vergat te eten en na jaren van hongeren, sleepte oma haar mee naar de huisarts.

Ze was achttien en had anorexia. Ze werd niet ongesteld, had een blauwe huid en was mager als een bezemsteel. Maar anorexia als ziektebeeld bestond nog niet. De artsen wilden haar observeren en namen haar op. In het ziekenhuis werd ze op een eiwitrijk dieet gezet en ze kwam kilo's aan. Het schoonmaakwerk lag stil en de werkhuizen raakten bestoft. De dames beklaagden zich dat hun huizen zo vies werden, dat je tegenwoordig niet meer van je werkmeid op aankon.

Mijn moeder heeft gehuild toen ze het ziekenhuis weer uit moest; voor het eerst in haar leven had iemand langer dan de duur van een vervloeking aandacht aan haar besteed. De doktoren en zusters vertroetelden haar, maakten grapjes met haar. In ruil gaf ze hen de Hollywood-lach. En ze huilde toen ze naar huis moest. Maar het had geen zin; ze werd ongesteld en mijn oma gaf haar katoenen lappen en zei dat ze die lappen vol viezigheid in de week moest zetten.

'Ze weet alles van vlekken,' zei ik tegen Erik.

'Luister, Jos.'

'Het is: Josha.'

'Is dat iets nieuws? Jij verzint altijd iets om de aandacht te krijgen, hè?'

Ik had niet in werkhuizen hoeven schoonmaken. Ik had nooit filmsterrenplaatjes geknipt. Plotseling voelde ik me loodzwaar. Mijn oma was een van de laatste gekken die electroshocks kreeg, maar het leek of haar zenuwtics via mijn moeder in mijn hoofd verder sprongen, als sprinkhanen in een kaalgevreten woestijn.

Erik vroeg: 'Ben je er nog?'

Ik was er nog. 'Waar belde je ook weer over?' Ik durfde de naam Max amper meer hardop te zeggen. Mijn eigen kind was besmet terrein; elke opmerking kon verkeerd uitgelegd worden en in een nieuwe waarschuwing van een advocaat uitmonden.

'Nog één keer: dit soort mails helpen je niet verder. Max begint eindelijk tot rust te komen. Hij heeft geen blauwe plekken meer. Hij durft weer aan tafel te eten.'

Blauwe plekken. Hoe kon hij de boel zo verdraaien. 'Je hebt alles al gewonnen, Erik,' zei ik. Wat had het voor zin.

'Noem je dit toenadering? Wij zijn melkwegstelsels van elkaar verwijderd! Wees blij dat je kind in goede handen is.'

Ik begon te lachen en hij hing op. Ik liep naar de kinderstoel waar tegenwoordig een plant op stond – de kamerlinde deed het erg goed – en ik moest zo hard lachen dat ik buikpijn kreeg. Maar ik kon niet ophouden. Ik gierde het uit, viel op de grond en kroop door de kamer. Vanuit mijn ooghoeken zag ik de overbuurman over de reling hangen. Mijn buik was nog lang niet uitgelachen, het deed zo'n pijn dat ik genade smeekte. Ik dacht aan het hoofd van Max met de ontbijtboel erop. En het wiegje in de slaapkamer waar hij niet mocht liggen, omdat Erik last van hem had. Ik zag de bebloede voetjes van Max in de babybouncer. Overal bloed op de grond. En opeens zag ik de ganzen aan de singel, de ganzen die hun jongen naar het water duwden zodat ze leerden zwemmen. En bij die singel zag ik de rechter, die meewarig keek. En Luc, die schuin tegenover de rechtbank woonde met zijn gezin, en die hoofdschuddend luisterde, terwijl ik bijna stikte in mijn slappe lach.

***

Bouchard belde met de Rozenlijn of zijn leven ervan afhing. Hij wist niet dat Samira dezelfde was als Marakech, die hij overdag in een zwarte doek langs zijn huis zag gaan. Aan de telefoon nam hij haar mee naar de maan om de planeten te tellen. Ze beraamden plannen om het gemeentehuis op te blazen, een wereldreis te maken, in een hemelbed op de zeebodem te slapen of te dansen tussen schildpaddeneieren. Bouchard trok blikken verhalen open, Marakech vrat ze op. Ze leerde ook nog bij; over de mycologie. Bouchard beweerde dat het leven bij de paddestoel begon en dat wij, als je goed keek, niets anders waren dan een verzameling draden die ondergronds wortel schoten. De paddestoel, zei hij, was de oervorm van de wereld en had geheime krachten waar men van zou staan te kijken.

Overdag groette ik Bouchard die chagrijnig zijn lantaarnpaal bewaakte of zijn stoep veegde, en gaf ik Marakech een dictee terwijl ze nerveus haar nagels vijlde. Waren ze verliefd? Ze leefden in gescheiden werelden, om pas na elven wakker te worden en zich te verplaatsen via de kluwen van telefoonkabels onder de huizen. 's Nachts waren ze voor elkaar iets waard, werden ze gehoord. Bouchard wilde graag de kabels van de nacht naar de dag doortrekken; hij zeurde in welke straat ze woonde, of Samira haar echte naam was, wat ze voor werk deed en of ze getrouwd was. Het leek of Bouchard de deur voor haar openhield, hij geloofde in hun samen en de rest van de wereld kon doodvallen.

'Maar jouw zoontje mag altijd komen,' zei Marakech er-

bij. Ze wreef langs haar nagels en keek me onderzoekend aan.
'Je haar.'

'Wat mijn haar.' Ik was niet in de stemming voor haar.
Misschien moest ik het weer kort knippen, mijn kapper had
gelijk, er viel geen land mee te bezeilen.

'Je moet het stylen. Alles is te stylen.'

'Marakech, ik ben moe. Ik weet niet eens meer waar mijn
zoontje is.'

'Wat?!' Ze begon nog drukker te vijlen.

Ik ging ervan uit dat zij het nooit zou begrijpen, nooit. Zij
had een berg familie waar ze altijd op kon terugvallen. Alles
zou steeds weer rond haar familie draaien.

'Hoe kom je bij,' zei ze. 'Mijn familie weet niks. Snap je
nog steeds niet?'

'Ik wil het niet meer snappen. Ik heb te veel aan mijn
hoofd.'

Ze wilde zo graag kennismaken met Max, mompelde ze.
Jammer, jammer. Kinderen zijn het hart van een cultuur. Ze
had zeker weer een nieuw boek besproken met haar clubje. Als
ze gelijk had, was mijn cultuur op sterven na dood. Om me
heen gingen mensen sneller scheiden dan ze getrouwd waren.
Kinderen reisden op en neer tussen huizen, tussen relaties,
tussen sferen en verhalen. Generaties kinderen groeiden heen
en weer reizend op, van de ene cultuur naar de andere; hoe
konden ze een cultuur worden als ze nooit gehecht raakten?

Ik zei: 'Ik hoop dat ik Max binnenkort zie. Ik heb het nu
erg druk, weet je.'

'Breng hem hier,' zei Marakech, 'jij doet zoveel voor mij.'
Ze bekeek haar nagels, ging op het kleed zitten en glimlachte:
'Nou, wat denk je?'

Ik vroeg me af waarom ik destijds zwanger was geraakt.
Maar dat zou Marakech nooit begrijpen, dus ik antwoord-

de: 'Laat me raden. Bouchard. Hij heeft je ten huwelijk gevraagd.'

Ja, nee, maar ik kwam in de buurt. 'Hij wil me ontmoeten.' Hij wilde haar zien. Voelen. Hij werd er gek van om verrassingen via Theo te sturen, zijn hart was in de war. Hij lag wakker en hij wilde weten of het beeld strookte met het daglicht.

Wilde ze dit spelletje echt doorzetten?

'Dat is waar ik van pieker,' zei ze. 'Piekeren.' Ze maakte zich klein en pulkte aan de draden van het kleed. Het begon als een grap. Maar ze zat hier niet voor niets. Het was nooit op te lossen, zolang ze leefde.

'We hebben allemaal nare vriendjes gehad,' zei ik.

'Dat was probleem niet.' Ze stond op, verzamelde oude kranten en gooide er een voor mijn neus. 'Hier,' zei ze.

Buurthuis. Informatieavond. Volgende week. Ik dacht aan Bouchard en zijn politieke aspiraties. 'Hij zal zeker gaan,' zei ik.

'Goed zo voor hem.'

'En jij? En als Bouchard je herkent?'

'Misschien wil ik herkend worden, Jos,' viel ze uit. 'Misschien heb ik genoeg van mijn theater. Ik heb jou toch verteld over thuis. De Rozenlijn... is ook... nou ja...' Ze keek strak voor zich uit.

Wat was er mis met de Rozenlijn. Ik had dat toch heel goed geregeld, het liep op rolletjes, het ging allemaal uitstekend. Ik voelde een kriebel in mijn keel.

Had ik die map eigenlijk weleens gelezen? Ze trok een wenkbrauw op en begon op haar nagels te bijten.

'Je map, je map.'

'Mijn map, ja. Jij doet interesse naar mij. Maar je weet niets.' Er volgde een tirade. 'Weet je dat er vrouwen zijn die in hun leven maar drie keer het daglicht zien?' Ze stampte: 'Geboren worden, trouwen, sterven. Er zijn veel van die vrouwen. In deze stad.'

'En jij doet eraan mee,' zei ik, terwijl ik me afvroeg waar ik haar map had opgeborgen.

'Je snapt ook niks,' zei ze. 'Ik ga heel langzaam weg. Ik heb Koran nu drie keer gelezen en ik word steeds bozer. Dat ik boos ben, dat ik zoiets voel, is al te veel: een vrouw is niets, de man mag met haar doen wat hij wil. Snap je hoe ik grootgebracht ben.'

'Wees dan blij dat het achter je ligt. Hou op met die ibadat en de gordijnen en je pilletjes.'

'Het zit in me. Het zit in alles. Als je wakker wordt, moet je Allah groeten. De dag begint met Allah. De dag is Allah. Mijn thuis zit in alles, en vooral in de eer van een man. Een man is als hitsige bok; hij kan er niet vanaf blijven. Als ik met hem vrij, is dat mijn schuld. Maar als ik echt van een man hou, laat ik hem linkerschouder zien, want daaronder zit mijn hart.' Ze trok aan haar blouse: kijk, zo.

'Maar Marakech.'

'Stil, je snapt niet, ik ben net vertrokken. Mijn kind is weg. Mijn kind ligt in lijkenhuis. Ik ben gevlucht. Niemand weet waar ik ben.'

Ik moest de kriebel weghoesten. Water drinken.

'Onze god, hun god. Hun god maakt je gek. Je bent altijd fout. Je bent hoer als je van iemand houdt. Ik hield van iemand, maar het kon niet. Als je ouders het niet willen, is het fout.'

'Waar is hij?'

'Weet ik niet. Ik zal hem nooit meer zien. Ik droeg zijn kind.'

'Oh, Marakech.'

'Lieverd, het geeft niet. Ik heb de herinnering aan zijn zaad, de smaak van zijn zweet, zijn speeksel. Ik weet dat hij aan mij denkt. Meer is er niet. Het was een maanlichtkind, mijn kind. Hij en ik ontmoetten elkaar 's nachts. Dat was de manier van contact, in het maanlicht. En zo ben ik zwanger geraakt. Een jongetje. Waarom huil je, Josha?'

'Ik huil niet.'

'Je hoeft niet te huilen om mij, Josha.'

'Het lijkt of ik huil, maar eigenlijk zit ik te lachen.'

'Oh, vind je grappig.'

'Nee, schat. Maar die telefoontjes met Bouchard...'

'Bouchard, Bouchard! Dat is... een spel! Dat is nu heel goed. Ik wil alles over muizen en paddestoelen weten.'

'Stop alsjeblieft met fietsen in een chador.'

'Dat is ritueel. Een herinnering aan mijn geliefde. Ik ontmoette hem 's nachts, in mijn chador. We zagen elkaar bij het water. Ik trok de chador uit en we vrijden in het donker. Zo naakt als voor hem, ik ben nooit geweest. Niemand zal mijn linkerschouder nog zien.'

'Je bent te jong hiervoor.'

'Ik ben stokoud. Mijn hart is dicht. Ik kan lachen met Bouchard. Maar mijn hart rouwt om mijn maanlichtkind.'

'Hoe heet je kind.'

'Ik noem de naam niet.'

'Een heel mooie naam.'

'Het was een heel mooi kind.'

'Leek hij op zijn vader.'

'Vooral zijn neusgaten.'

'Zijn neusgaten.'

'Er zat deukje in. Zo, heel klein, hier.'

'Ja, laat maar.'

'Ik mis die man, Josha. Hij was lief. Hij zag wie ik ben.'

'Dat zeg je nu, maar over een jaar...'

'Het is nu al een jaar. Ik heb een litteken, weet je, op mijn buik. Hij deed zijn hand op het litteken, zodat we niet zouden zien. Zodat ik me niet schaamde.'

'Wat lief.'

Ze zat heel stil. 'Alsjeblieft, breng je zoontje keer mee.'

'Ik zal het doen. Maar Marakech, ik moet je ook iets zeggen.'

'Ja.'

'Ik heb mijn kind dood gewenst. Ik schrok toen hij geboren werd.'

'Wat schrok je, Josha.'

'Ik schrok omdat het leek of ik de vader in mijn armen hield.'

'Je hield niet van hem.'

'Dat besefte ik opeens. Dat ik niet van hem hield. En nooit gedaan had.'

'Slechte man.'

'Een slechte vrouw, Marakech.'

'Als zijn hart open was, zou hij niet trouwen. Een man voelt, als de vrouw niet van hem houdt. Heb je ooit linkerschouder laten zien?'

Ik dacht even na. 'Nee.'

'Dat bedoel ik. Hij wilde je vangen met het kind. Dat is niet liefde.'

'Misschien heb je gelijk.' En ik vroeg me af of houden van niet altijd een vorm van vangen is.

'Nou, zeg maar tegen hem. Zeg maar dat leugen is. Dat je goede moeder bent, maar dat je gevangen was.'

'Hoe weet je dat.'

'Omdat je nu huilt.'

4. Adres

'Adres,' herhaalde Luc en hij zuchtte nogal vermoeid. 'Wat is dit voor kruiswoordpuzzel?'

Ik zat in kleermakerszit en keek hoe hij pinda's lanceerde. Mijn dossier lag zo plat als een dubbeltje op het bureau. Boven ons klonk het gemoffel van kindervoetjes en af en toe vloog een autootje of legoblok over het balkon de tuin in.

'Een goed adres is een goed begin,' zei ik. 'Het wordt tijd dat ik ga verhuizen.'

Hij krabde zich achter zijn oor. 'Maar zou je niet eens aan die cursiste van je vragen of – '

'Ze heet Marakech.'

Hij fronste geïrriteerd. 'Heb je haar ooit gevraagd wat ze bedoelt met haar tips? Waarom vertrouw je zo op een lijstje?'

Ik legde uit dat het liep met lesgeven; ze werd niet meer moe tijdens de les. Ze rookte een stuk minder. Dit leek me niet het moment om haar lastig te vallen met mijn tips.

'Jouw tips? Haar tips.' Luc probeerde het met twee pinda's tegelijk.

Vanaf het balkon kwamen nog meer legoblokken naar beneden gezeild. In de aangrenzende tuin sloeg een hond aan.

'Marakech heeft haar leven sinds kort op orde. Dat is aan alles te merken. Ik wil haar niet belasten.'

'Laten we het over jou hebben. Heb jij je leven op orde.'

Het kriebelde in mijn maag. Altijd maar orde. De wereld ging ten onder aan orde. Geen natuurgebied had orde. Alleen de mens zocht ernaar, in economie, getallen, statistieken, schema's. Bewijzen. Ik kon geen bewijzen meer zien.

'Verklaar je nader.' De grond rond zijn voeten raakte bezaaid met nootjes.

Mijn huis zat vol bewijzen van een mislukt huwelijk, zei ik. En daar kon geen betonverf tegenop. Overigens wist ik nu dat de bloemen van mijn Russische overbuurman waren.

Luc grinnikte. 'Dus dat is meneer Glasnost.'

En ik had meneer Glasnost vriendelijk bedankt. Hij leek in de verste verte niet op de toetsenist; hij was dus kansloos. Hoe dan ook, het leek me verstandig om op een nieuw adres overnieuw te beginnen. Marakech was een voorbeeld van hoe je overnieuw kon beginnen.

'Jouw cursiste leeft in een droomwereld,' zei Luc. 'En wat is die Bouchard voor iemand?'

Ik haalde mijn schouders op. Een afgedankte overheidsdienaar. 'Er is iets met zijn tuin,' zei ik. 'Een kerkhof, zo lijkt het. Hij wil er iets begraven, hij wil er heien. Hij vroeg of ik kon helpen met de aanvraag van een heivergunninkje. Een kleintje maar.'

'Zolang je niks getekend hebt, kan het geen kwaad,' zei Luc.

'Oh. Oké.'

'Dat heb je niet gedaan, neem ik aan.' Hij keek over zijn bril.

Bouchard had zijn kansen verspeeld bij de gemeente; of ik, mademoiselle Josha, zo vriendelijk wilde zijn om zelf te tekenen. 'Kijk niet zo raar,' zei ik.

Luc zei: 'Jezus, je beschrijft die man als een maniak. Hij komt uit het vreemdelingenlegioen, experimenteert met gif-

tige paddestoelen, hij terroriseert de buurt, woont achter geblindeerde ramen... En jij hebt een heivergunning voor hem
aangevraagd?'

'Klopt.'

Zijn hand graaide in het bakje en de pinda's vlogen over
de grond. 'Op jouw naam!'

Plotseling begon ik te zweten, vanwege de zorgen die anderen zich om mij maakten.

***

Ook Reinout van de Centrale maakte zich zorgen. 'Wat voer
je allemaal uit?' vroeg hij. 'Er belde laatst iemand van Jeugd-
zorg; hoe jij functioneert.'

'Uitstekend,' antwoordde ik.

'Maar we zien geen enkel resultaat. Niet van je groep. Of
van Marakech. We wachten op de tussenraportages. En wat
moet ik met mailtjes over vertrouwen of vrienden!'

Ik rende naar mijn pc en scrollde door de verzonden be-
richten van Outlook Express. Vreemd. Blijkbaar had ik een
keer om 03:00 uur de verkeerde ontvanger ingetoetst. 'Sorry,'
stamelde ik, 'je achternaam zit dichtbij een vriend. Ik was
moe. Het was voor hem.'

'Er staat iets in over een Monsieur Bouchard en over een
telefonische hulpdienst. Over echte mensen, nieuwe contacten. Josha, je weet dat Marakech geen contacten kan leggen? Dat het absoluut veilig moet blijven?' Zijn stem klonk
scherp. Hield ik voldoende afstand, wilde ik het contract nog
eens nalezen?

'Stuur me dat dan eens toe. Ik heb nooit een contract ont-
vangen,' zei ik.

Ik hoorde zijn adem door de telefoon. 'Josha, je hebt het in februari ondertekend en aan ons teruggestuurd!'

Zweetdruppels gleden uit mijn oksels. 'Nou, dan heb ik dus geen contract; het ligt bij jullie, niet bij mij.'

Er klonk binnensmonds gevloek. Daarna verzocht hij me op te draven bij de lunch, zodat we orde op zaken konden stellen. Maar ik wilde geen orde.

**

Er is zo'n gebaar van mannen dat ik nooit begrepen heb. Midden in een gesprek gaat een hand naar hun kruis en dan leggen ze hem recht; ze knijpen erin en duwen hem in vorm. Dit deed ook de makelaar bij wie ik een afspraak had. De regen plensde loodrecht naar beneden en ik stapte druipend als een potpalm het mooie kantoor binnen. Buiten stoof lijn 6 hoge plassen uit de rails, auto's dampten en fietsers schoven in foliepakken voorbij. Ik schudde me uit bij de receptie, waar de telefoniste beroepshalve vriendelijk knikte. Mijn haar plakte langs mijn wangen, mijn jas druppelde en mijn schoenen kleefden. De makelaar verscheen in de gang en wees me naar zijn kamer.

Hij gebaarde naar een stoel en lachte: 'Wat ben je nat.'

'Ik ben inderdaad heel nat,' antwoordde ik.

Toen knipoogde hij, sloeg zijn benen wijd over elkaar en greep naar zijn kruis. Daarop viel een korte stilte. Ik keek naar zijn zak en kuchte. Een handdoek zou niet gek zijn. Maar ook een taxatie van mijn huis was tamelijk dringend. De waarde, ik moest de waarde weten. Voor het geval ik een nieuw adres betrok. Ik had toch geen kind meer. Geen man. Alle tijd aan mezelf. Wat moest ik met die kamers? Dat speelgoed? Wist hij de waarde van een kinderbedje? Een hobbelpaard?

Het was waardeloos. Niemand gaf er nog een euro voor.

De makelaar knabbelde op zijn snor en observeerde me lang. Hij vond me zó nat geregend. Hij sloeg de agenda open en zuchtte. Wanneer schikte het, dat was de vraag. Had ik verplichtingen, was ik ergens aan gebonden? Weer die blikken.

Ik legde uit welke middagen ik vrij had.

Hij glimlachte. We prikten de datum voor de taxatie van mijn huis. 'Dat is 'm dan,' zei hij en draaide aan zijn snor.

'Dan zie ik u binnenkort,' zei ik. Mijn kleren plakten en kriebelden. Ik veegde mijn gezicht droog.

5. Veiligheid

In de zaal van Het Honk stond de nieuwe Bloemenbuurt op tafel; in kartonnen vormpjes en baksels, de maquette van een gloednieuwe wijk voor iedereen – zoals de wethouder beloofde. Ik liep rond, dronk koffie uit een plastic bekertje en posteerde me bij de deur naar de hal. De bewoners verdrongen zich om de maquettes. Ze protesteerden. Ze zagen hun huis niet op het plaatje. Het klopte niet, zeiden ze, want hier stond mijn huis en nu komt er een flat; ik wil geen flat. Doris en Peet van de cursussen liepen rond. De delegatie van de gemeente liet op zich wachten. Er was een cameraploeg voor de emoties, emoties doen het goed op tv. Uiteindelijk vroeg Doris via de microfoon of iedereen wilde gaan zitten, beste mensen, want dan konden we een centrale discussie voeren. Naast me ging de deur open en Marakech passeerde in zwarte kleding en een strakke hoofddoek. Ze groette kort en ging achterin de zaal zitten. Toen ging de deur weer open; Bouchard. Hij praatte in zichzelf en kwam naast me staan. Hij rook zuur en ademde hijgerig terwijl hij tegen de muur leunde. Hij wreef over zijn buik. 'Ze zijn er zowaar allemaal,' zei hij. 'De schlemielen en wormen.'

Op het podium begon Doris een verhandeling over de saamhorigheid. Over hoe de mensen van de Bloemenbuurt elkaar altijd steunden en waardeerden.

Bouchard stootte me aan en zei: 'Ik schijt erop, madame Josha. Nooit zie je hun gezichten, en nu, nu hun huisje omver gaat...'

'En,' sprak Doris monter, 'daar kan geen sloopplan verandering in brengen, in dat warme gevoel van de Bloemenbuurt.' Daar waren acties voor nodig geweest. En er was heel wat verspijkerd. 'Maar mensen mensen, wat mogen we trots zijn!' Ze applaudisseerde voor de bewoners en de bewoners begonnen mee te klappen.

Bouchard hijgde. 'Nu proberen ze op de eerste rang te zitten. Ze hebben zelfs een folder gedrukt, bon, daar veeg ik mijn reet mee af.'

Ik kreeg het steeds warmer.

'Nietsnutten,' zei hij, 'een paddestoel wordt beter beschermd in dit land. Nooit hebben ze ergens naar omgekeken. Jaar in jaar uit vocht ik. Voor de bloempotten, de straatlantaarns, de afvalbakken, de parkeerkommen. Voor de huizen, de gevels, voor de dakgoten, de dakpannen en de schoorstenen. En het enige dat ze zeiden, hoor je Josha, was: doe norma'l, ouwe gek, doe norma'l.'

Ik fluisterde dat hij zijn kop moest houden.

'Bon. Doe normaal. Dat is wat jullie willen, dat men normaal doet. Dat stelt u gerust en anders niets. Madame Josh, ik kan u vertellen over dit carnaval van wethouder Grotenbroek. En u denkt toch niet dat ik mijn medaille krijg? Want wethouder Grotenbroek komt niet, dat beloof ik u, zo waar helpt mij God, de wethouder zal niet komen want die heeft het druk, te druk, met de verbouwing van zijn buitenhuis.'

De mensen fluisterden 'Stil nou' en terwijl ik naar zijn ronkende stem luisterde, dacht ik aan Marakech' verhalen over de lampionnen en vallende sterren. Ik dacht aan haar dromerige blik wanneer ze over Bouchard sprak. Ik keek het publiek in; daar zat ze en ze luisterde onverstoorbaar naar Doris' toespraak. Doris keek mijn kant uit en probeerde te lachen. Op dat moment kwam de delegatie van de gemeente het podium op, met de welgemeende excuses, ook namens de wethouder, die helaas verhinderd was wegens privéaangelegenheden.

'Asjeblief,' zei Bouchard.

De delegatie schoof aan op het podium en lichtte de plannen toe; er was een speciale commissie, zeiden ze, deze plannen zaten extreem goed in elkaar, dit was een spectaculair plan tegen overlast en onveiligheid. De discussie werd geopend; het ging van nee en van ja, van 'god nog aan toe' en van 'krijg de klere, jullie ambtenaren'. Iedereen beklaagde zich en begon over zijn stoep, over de geveltuintjes en de belastingen. Doris had haar handen vol en Peet rende door de zaal om mensen het woord te geven, of om het ze af te nemen als het weer over poep ging. Toen stond iemand op en zei beleefd: 'Beste aanwezigen.'

De bewoners keken naar achteren en opeens werd het stil. Het was Marakech.

'Geachte aanwezigen,' begon ze weer.

Bouchard keek naar Marakech en maakte zich groot.

De mensen kenden Marakech alleen van stem, maar dat zou veranderen. Ja, dat zou verdomme zeker veranderen. Ik vroeg me af hoe snel Bouchard haar stem zou herkennen.

Hij sloeg een hand voor zijn mond. 'Nom de Dieu.'

Ik stootte hem aan en zei: 'En nou kop dicht.'

'Beste mensen, ook van de gemeente. Ik heb niet veel te zeggen. Ik woon hier niet lang.'

Meerdere mensen knikten naar elkaar; dat moest Samira zijn, van de telefoon; ze weet alles van de buurt; daar konden de Hollanders een puntje aan zuigen; stil nou effe, mensen, laat haar uitspreken; man hou zelf je kop, ik mag zeggen wat ik wil, niet dan; jezus, mensen zo komen we nergens. Doris riep door de microfoon 'Stilte!'

Marakech stotterde. 'Ik leerde u kennen van de Rozenlijn. Daar ben ik dankbaar. U hebt me reden gegeven te blijven. Beste gemeente, ik wil u zeggen: deze buurt is zo veilig als wat. Ik kwam hier uit onveiligheid. Ik was in een vlucht. Maar dankzij u weet ik dat ik hier hoor, dat het is veilig.' Ze frummelde aan haar hoofddoek en vouwde haar handen. 'Dus alstublieft, gemeente, denk na. Over uw plan. Elke verandering slaat mensen uit elkaar. En de mensen hebben behoefte aan familie. Aan hun plek. Niemand weet dat beter. Dank u.'

Ze liep bij de microfoon weg en wurmde zich langs de mensen.

Bouchard zei: 'Merde, dat is, dat is...'

'Wat nou,' zei ik. 'Ze heeft gelijk, nietwaar?'

'Dat is...' Hij slikte druk. 'Dat is mooi gesproken.'

Iemand begon te klappen. De bewoners vielen bij. Marakech had verwoord wat voor hen klopte, hoezeer ze ook burenruzies maakten en in elkaars hondenpoep trapten. Iemand riep dat mevrouw gelijk had. Ziet u, we hebben niks tegen buitenlanders, ik ken ze persoonlijk en de buurt is niet onveilig en ook niet verloederd, de gemeente zit ernaast, dit is een prestigeding van Grotenbroek, niemand heeft gevraagd om die sloop van de even nummers, niemand wilde verhuizen en dubbele huur betalen bij terugkomst. Theo met de Baard dreigde met actie, Doris maande tot kalmte, maar iedereen riep door elkaar dat het schandalig was. Ondertussen liep Marakech langs het zijpad weg, ze kwam op ons af en toen zag ze Bouchard. Ze keek naar de grond en zei: 'Pardon, mag ik langs.'

Bouchard stond bevroren.

'Alstublieft, ik moet gaan,' zei Marakech.

'U bent...' bracht hij uit.

'Wie ben ik,' antwoordde ze.

'Merde, u bent mijn nachtengel.' Hij bleef voor haar staan.

'Ik wist dat iets niet klopte,' mompelde hij, 'ik wist het. Je bent een heks. Een duivelin.'

'Dank u,' zei Marakech en toen glipte ze langs hem naar de deur. Bouchard wilde er achteraan maar ik trok hem snel terug.

'Ik ben bedonderd, het is een heks,' zei hij.

'Waar heb je het over,' vroeg ik.

De zaallichten floepten aan en er was weer koffie. En cake, heel veel hotelcake.

***

Mijn moeder vond dat ik oud genoeg was om het zelf te doen. Ze had me alles geleerd over vlekken en had er geen zin in.

'Mam, ik smeek je. Mijn huis is een gevaar voor de straat, ik ben het overzicht kwijt. Help me!'

Ik hoorde door de telefoon hoe ze haar mond spoelde met een slok thee. 'Ik heb je altijd geholpen. Hoe durf je te beweren dat ik niet help.'

Maar overmorgen zou de makelaar op de stoep staan. Het huis moest aan kant, het moest helemaal overnieuw. Ik bood een vergoeding aan voor de reiskosten, en een vergoeding voor het schoonmaakwerk. Voor geld ging ze altijd overstag.

'Goed,' zuchtte ze. 'We maken er een dagje van.'

'Maar geen woord tegen Erik,' dreigde ik.

'Die spreek ik nooit,' antwoordde ze.

***

'Ben je zaterdagmiddag thuis?' vroeg Erik. Hij wilde Max een paar uur langs brengen.

Mijn keel ging dicht en ik begon te trillen. De telefoon viel uit mijn handen en de batterij vloog over de vloer. Ik raapte de onderdelen onder de kast vandaan, zette het toestel weer in elkaar en belde bevend terug: 'Erik, ben je er nog?'

'Je moeder komt schoonmaken, niet?' vroeg hij.

'Daar weet ik niks van,' zei ik.

Hij grinnikte. Hij wilde met zijn Hilde meubels kopen. Een mooie gelegenheid om Max bij mij te brengen en te laten wennen. Ik probeerde diep te ademen, mijn ontbijt kroop door mijn keel omhoog. Slikken, kalm blijven. Max kwam gewoon een middagje spelen, niks aan de hand.

Maar Max mocht alleen via de wettelijke procedures aan mij uitgeleverd worden. Alles moest toch met regels en papieren. Het draaide immers om het belang van het kind. Hoorde meubels kopen met je nieuwe vriendin bij de procedure?

'Ik weet niks van procedures,' zei hij. 'We gaan samenwonen.'

Ik slikte iets zuurs weg. Samenwonen. Toekomst, veiligheid. 'Nou, goh, fijn. Dus Max komt zaterdag echt?'

'Als je dat tenminste wilt. Je klinkt niet enthousiast.'

Enthousiast, enthousiasme tonen; vrolijkheid, drukte, gelach, blijdschap: negen letters. Elke moeder zou juichen en kirren. Ik kreeg het er niet uit. 'Ik ben overdonderd,' zei ik. Wekenlang was het stil. Ik hield me gedeisd. Ik gaf het op; dit was mijn kind niet meer. Mijn invloed ging niet verder dan het genetisch materiaal dat ik had achtergelaten. Hoelang had ik geen e-mail meer gestuurd?

'Ik breng hem om twee uur,' zei Erik.

Dat was een slechte tijd, dacht ik. Twee uur, twee uur, midden op de dag. Ik groef in mijn herinneringen. Babytijd. Flesje, luier, liedje, slaapje. Middagslaapje. Max moest toch een dutje doen?

'Hij slaapt bij ons nooit,' zei Erik. 'Hij groeit hard.'

Was alles zo snel veranderd? Hij sliep vroeger altijd 's middags. De kinderarts had gezegd dat rust hem zo goed deed.

***

Ik belde Marakech, tegen de regels van Reinout. 'Marakech, help!'

'Ik ben er niet, ik ben weg,' zei ze.

Onmogelijk, dat kon niet, riep ik, ik kreeg mijn zoontje op bezoek.

'Ik zou daar moord en doodslag voor doen,' zei ze. 'Voor mijn kind. Josha, jij kan nog de straat op.'

Waar had ze het over, wat zat ze te ouwehoeren.

Had ik haar horen praten in de grote zaal, had ik gezien hoe Bouchard keek? Ze kon die man niet meer spreken; wat moest ze zeggen. En nog wat. Had ik die knul gezien op de eerste rij? Zo'n type met een beetje lang haar, staartje. Die kende ze. Ze moest weg uit deze buurt, die jongen was een neef. Dus er zat hier meer familie, Josha. Gevaar. Het einde van haar veiligheid!

'Dus je laat het afweten. Nu ik jou iets vraag, geef jij niet thuis.'

'Hoor je niks, Josha? Ik wil jou helpen, maar nu even probleem.'

Ik stond te trillen op mijn benen. Haar problemen, altijd haar problemen. Alsof een docent geen problemen had. 'Je moet me helpen. Wat doe ik met Max?'

Ze begreep de vraag niet, of ik kon uitleggen wat ik bedoelde.

'Wat wil een kind van tweeëneenhalf,' schreeuwde ik. 'Wat doen ze.'

'Rustig maar.' Ze dacht na. 'Blokjes, boekjes, naar de speeltuin. Een wipkip. En veel koekjes.'

Een wipkip. Die stonden toch alleen als gemeentelijke trofeeën op de pleintjes? Je brak je nek over de wipkippen. Maar koekjes dus, veel koekjes?

'Josha, niet zo klagen op die gemeente. De gemeente gaf mij deze huis. Maar ik ga nu. Is beter dat ik verdwijn.'

Ik keek uit het raam; mijn moeder kwam op naaldhakken naar de voordeur gestrompeld. Haar gezicht gloeide als een sein. 'Marakech, ik moet ophangen. Koekjes kopen.'

***

Terwijl mijn moeder haar meegebrachte slippers aanschoot en de gordijnen in een kookwas zette, zocht ik de map. De map van Marakech. Wat was er met die neef? Ze was toch alleen hier? Mijn moeder rende de trap af, vulde een emmer water en zeepte de ramen in met haar meegebrachte superspons; ze riep dat de spiritus op was. Ze had de neiging om mededelingen te schreeuwen. Als ze een verhaal vertelde dacht je dat de oorlog uitbrak.

'Spiritus,' commandeerde ze. 'En schoonmaakazijn. Ik heb schoonmaakazijn nodig.'

Ik keek naar het slagveld op tafel. Kopieën, uitgeprinte e-mails en brieven van mevrouw S. bedekten de tafel als een collage. Opruimen, Josha, breng orde in je leven. Ik schoof de boel naar de muur en stuitte op de map van Marakech. Ik ging zitten en sloeg de map open. Glasnost stond op zijn balkon en hoestte luidruchtig.

'Wat een bende. Maak jij nooit schoon.' Mijn moeder klom op de trapleer en vloekte.

'Denk aan het geld,' zei ik.

De map zat vol dagboekstukken, schrijfsels in het Arabisch, briefjes, krantenberichten, telefoonnummers, foto's. Ik schiftte de Arabische stukken van de Nederlandse, sloot me af voor het lawaai in de voorkamer, en las.

Marakech moet schoonmaken. Heel veel schoonmaken. Ze past zich snel aan in Nederland en op school wordt ze aangemoedigd. Op school is ze leergierig. Ze blinkt uit in technische vakken, de taal is een probleem. Thuis is ze werkster, kinderopvang.

'Ziezo,' riep mijn moeder, 'dat knapt al op. Zie je hoe de ramen blinken.'

Ik las verder.

Marakech moet voor haar ouders tolken; bij de dokter, in het ziekenhuis. Kwalen hier en kwalen daar, klachten die geen mens kent, gloednieuwe pijntjes, meegenomen uit het woestijnzand of een schapenvacht. Ik staarde naar een foto van de middelbare school. Marakech als vrolijke meid.

Ik bladerde met een duizelig hoofd door haar papieren leven.

Marakech gaat met vriendinnetjes naar de schoolfeesten. Buiten staat altijd een familielid te posten, maar ze gaat. Was dat die neef van de informatieavond?

Ze krijgt het voor elkaar om af en toe bij een vriendinnetje te slapen. Daar gaat heel wat soebatten aan vooraf, onderhandelen op haar manier, smoezen bedenken. De feestjes zijn het begin: als ze maar even vrij is van thuis, slaat ze door. Ze zuipt als een volwassene, experimenteert met drugs. En dit alles weet ze te verbergen. Als ze de volgende dag thuiskomt, moet ze haar vader in het import-exportwinkeltje helpen. Eten koken, strijken, stofzuigen, alles gaat voor; moeder is altijd ziek. Ze bezoekt de schoolfeesten en leert over de muziek en de jongens. Giechelen. Zoenen. Als ze een nacht wegblijft, krijgt ze stokslagen. Dan drinkt ze azijn, om eruit te stappen. Maar het mislukt.

Ik keek op uit de map. Mijn moeder sjouwde de emmer sop naar het aanrecht. 'Ik leg het je nog één keer uit,' riep ze, 'de volgende keer doe je dit zelf. Dat ik een volwassen vrouw moet helpen met...'

'Ik lees. Zie je niet dat ik lees.'

Ze gooide een kop thee achterover, kauwde erop en zweeg.

Op school is niets bekend. De resultaten zijn goed, de ouders gaan nooit naar ouderavonden. Na de middelbare school moet ze werken in het winkeltje van de vader. Geloofslessen volgen in een meisjesklas van de moskee. Voor zover het nog lukt, gaat ze soms uit met vriendinnen. Heibel. Ze schrijft in haar dagboek dat ze weg wil. Ze zoekt contact met een vrouwenorganisatie.

'Wat zit je daar te lezen.' Mijn moeder boog zich over de map.

'Laat af, satan,' zei ik.

Ze deinsde achteruit.

Marakech ontmoet een jongen. Wordt smoorverliefd. Ze zien elkaar 's nachts. Marakech verzint meer smoezen, slaapt bij hem en gaat met hem naar bed.

'Maanlichtkind,' zei ik zacht.

'Wat zwets je toch,' vroeg mijn moeder. 'Dat Erik het zolang met je uithield.'

Een foto van hem en haar in zo'n hokje op het station. Zoenende geliefden, en een maanlichtkind in haar buik.

De makelaar besteeg mijn trap. Ik had alles opgemeten, kruipend over de vloeren en langs de plinten. Op tafel lag het briefje met de lengte en breedte van de kamers.

De makelaar ging wijdbeens in het midden van de kamer staan en keek misprijzend rond. Hij kneep zijn ogen toe, liep naar het raam en keek naar buiten. Hij draaide zich om, ijsbeerde de kamer door en liep naar het balkon. Daarna nam hij de keuken in ogenschouw en zei: 'Tja.' Uit zijn jaszak viste hij een apparaatje. Hij pulkte even aan zijn snor en richtte het apparaatje op de muur. Een rood puntje flakkerde op; de makelaar pakte zijn blocnote en noteerde getallen.

Ik veegde snel mijn briefje met meters van tafel en stopte het in mijn zak. Dat ding van hem berekende de oppervlakte van mijn woning in een flits. Mijn leven werd gereduceerd tot vierkante meters met een potentieel, een financiële waarde. Ik durfde niets te vragen, omdat de makelaar weer naar zijn kruis greep. Hij nam me van onder tot boven op en richtte het apparaatje met een grijns op mijn borsten. Het rode lampje flikkerde weer en de makelaar las een getal. 'Een foutmelding,' zei hij verbaasd. 'Dat doet-ie als het oppervlak te klein is om te berekenen.'

Ik sloeg mijn armen over elkaar en deed een paar passen achteruit.

Hij grijnsde weer en vroeg of er boven nog iets te zien was.

'De slaapkamers,' zei ik zacht.

'Interessant,' lispelde hij en volgde me naar boven.

Mijn moeder had haar best gedaan. De badkamer glom zo erg dat ik hoofdpijn kreeg. De bedden waren strak als in een hotel. Ik wees de makelaar op de ornamenten in het plafond, de door Erik ingebouwde kasten en het ingenieuze kantel-raam.

'Gezien hoor, mevrouwtje.' Hij draaide peinzend aan zijn snor. Het rode lampje flitste de meters. 'Als u het te koop zet, hoeft u de taxatie niet te betalen.'

Ik wist het nog niet, zei ik. Het was een grote stap. Mijn kind was hier geboren.

Werkelijk?

Ik wees naar de badkuip. De badkuip die mijn weeënstorm had opgevangen, totdat het badwater over de rand klotste. Het bed, dat de verloskundige een hel voor haar rug noemde: de cao stond het niet toe, een laag bed. Maar ja, omdat het bij mij zo snel ging, vooruit, een kind hou je niet tegen. En ze was op haar hurken gegaan, net als ik. Terwijl ik als een wilde kat in haar armen beet en zij mij met een gedecideerd 'Nee' wegduwde, zakte het hoofdje van Max als een kokosnoot door mijn schoot. Ik stond in brand en vervloekte mijn kind.

De makelaar keek naar het bed en zei dat hij nog nooit van een weeënstorm had gehoord.

'Ik ook niet,' zei ik. Pas daarna, toen het al te laat was. Mijn storm vloeide over in razernij over de kokosnoot die mij dit aandeed. Hoe durfde een kokosnoot mij uiteen te scheuren, open te rijten. Hoe durfde dat hoofdje me te laten branden. Mijn lichaam had me verraden, mijn baby had me overwonnen.

'Gut,' zei de makelaar. Waarschijnlijk vond hij vrouwen gecompliceerde wezens.

We liepen de trap af en wachtten in de gang op de totaal-opbrengst van het flitsertje.

De makelaar bewoog zijn hoofd peinzend op en neer alsof hij mijn oppervlakte woog. 'Honderdvijftig,' stelde hij voor. 'Honderdvijftigduizend lijkt me het meest haalbare voor dit pandje. U moet uw ex nog uitkopen?' Hij kneep zijn ogen tot spleetjes en taxeerde mijn blik. 'In dat geval gaan we lager zitten,' zei hij.

Ik wist niet zeker of dat een voordeel was.

Hij gaf me een kaartje. Ik las het, maar zocht vergeefs naar het logo van het kantoor waar ik geweest was.

'Mijn privéadres.' Hij knipoogde. 'Voor het geval u nog vragen heeft.'

* * *

Het was tegen half drie toen de bel ging. Zoals gewoonlijk: veel te laat. Ik keek in de spiegel of ik in orde was. In de kamer walmde een staafje wierook van Marakech. Een kleedje met speelgoed lag voor de kachel. Max! Help! Wat moest ik zeggen, hoe moest ik doen. Op tafel stonden borden met roze koeken, kaakjes, speculaasjes, pennywafels. Ik liep naar beneden en verwelkomde hen. Wat zag Erik eruit. Was hij vroeger ook zo ongeschoren, zo zuur en grijs? Een walm van nicotine hing rond zijn kleren. Hij had Max op de arm en reikte hem aan. Ik deinsde achteruit. Een tas met spullen zette hij achter me in de gang. Wat voelde Max zwaar.

'Jemig,' zei ik.

'Hij wordt al een echte knul,' zei Erik. En hij kneep even in Max' wang. 'Geen mietje, hè, Max? Een echte vent.'

Een echte vent. Een echte vent zou de bezoekregeling met zijn ex netjes regelen, zeker wanneer hij door overspel de boel had opgeblazen. Een echte vent zou mij de alimentatie betalen. Niet over beginnen, dacht ik, geen pijnpunten aanroeren nu. Ik keek langs hem naar zijn auto, waar Hilde zat te wachten; ze stak haar hand op en zwaaide. 'Hij wordt inderdaad al een echt knulletje,' zei ik en in gedachten duwde ik

Hilde als een plank door een cirkelzaag totdat ze als reepjes vleeswaar aan mijn voeten lag. Bloed, overal bloed. Ik keek naar het stoepje dat mijn moeder geschrobd had.

'Als je me nodig hebt,' zei Erik, 'kun je bellen.' Hij nam me ongerust op. 'Gaat het wel?'

Ik kuste Max op zijn hoofd en zei 'Kom op, Erik, ik heb hem gedragen, gebaard. Dit is zo vertrouwd.' Ik voelde weer de kokosnoot door mijn schoot branden. De onweerstaanbare drang om dat pasgeboren, zachte hoofdje tegen de muur kapot te slaan. Nooit meer tranen.

Erik lachte zijn lachje. Hij duwde zijn gezicht tegen dat van Max, kuste hem, en liep het pad af. Toen begon Max te krijsen. Hij spartelde en spande zijn lijfje en probeerde zich los te wurmen uit mijn armen. 'Papa is zo weer terug. Jij gaat even bij mama,' zei Erik.

'Mama nee,' huilde Max.

Ik trilde, streelde Max' haren en besnuffelde hem. Hij rook naar andere mensen. Ik stond in mijn portiek met een onbekende peuter op de arm. Nee, lieverd, dacht ik, dit is je zoontje.

'Mama is zo blij je te zien. Wat lang geleden!'

Ik stapte naar binnen en wilde de deur dichtduwen.

'Papa!' Max brulde en liep rood aan. Hij greep naar de voordeur en maaide hem weer open. Erik zwaaide extra jolig – dit is een spelletje - en stapte snel zijn auto in. Ik hield Max stevig vast, sloot de deur en wankelde met hem de trap op. 'Kijk, je huis,' zei ik en zette hem op de grond.

Hij bleef als genageld staan, spreidde zijn armpjes en gilde. Hij leek maar één woord te kennen: papa.

Ik beende door de kamer, keek de auto na en draaide me om naar Max. 'Papa komt straks terug, liefje. Wij gaan leuke dingen doen.' En ik maakte een juichgebaar. Max hief zijn armen ook, maar het zag er smekend uit. Hij wilde opgetild worden maar stribbelde tegen toen ik hem weer op mijn arm zette. 'Wat ben jij zwaar, zeg. Wat word jij toch groot.' Ik sjouwde hem door de kamer en liep een tijdje heen en weer. Er droop snot uit zijn neus, kwijl uit zijn mond. Snel pakte ik de keukenrol. 'Max, stop eens met huilen, je wordt kletsnat.'

Hij zette een nog grotere keel op en gilde het p-woord weer.

'Zeg, hou eens op met dat gejank.' Ik hoste met hem rond. Zijn huilen klonk hees. Hij wil hier niet zijn, dacht ik en voelde me loodzwaar. 'Erik, ik doe je wat.'

Bij het horen van de naam Erik keek Max me vragend aan. Het huilen werd dreinen. Een wanhopig snikken. Hij wurmde zich uit mijn greep en liet zich op de grond vallen. Ik liep naar de tafel en zei opgewekt: 'Kijk, koekjes, lekker!'

Aan de overkant stond meneer Glasnost op zijn balkon te roken. Ik trok de gordijnen dicht. Max liep naar een hoek van de kamer en bleef daar staan, alsof hem iets te binnen schoot. 'Papa,' snikte hij toen.

'Heeft hij je geen andere woorden geleerd,' vroeg ik.

Hij dacht een tijdje na. 'Bal,' zei hij toen.

'Bal?' Natuurlijk, bal. Ik had aan alles gedacht. Het speelgoed afgestoft, de kinderstoel opgetakeld. Maar ik had geen bal, die had ik met het grofvuil van Erik weggedaan. 'Weet je wat, we kopen dadelijk een bal.'

'Bal,' zei Max en hij slikte zijn tranen weg. Toen niesde hij en besproeide de vloer.

'Mijn schone vloer!' Ik snelde toe met de keukenrol. Max snifte. Daarna stak ik een sigaret op, nam een roze koek en viel doodmoe op een stoel. Dit was mijn vlees en bloed, mijn DNA, mijn hartedief, mijn toekomst. Ik staarde hem aan. Onbegrijpelijk hoe hij op Erik leek; dezelfde vlezige wangen, doffe grijze ogen. Ik propte mijn roze koek naar binnen. Een paar maanden had ik hem niet gezien, dit DNA-pakketje. Ik had zin om hem te besluipen, hem te proeven, te bijten, te happen, te knijpen. Maar dan weer zag ik zijn gezicht en deinsde terug. Wat waren zijn wangen bol, wat bleven zijn armen propperig. Was dat de leeftijd?

Max stapte langzaam door de kamer. Het leek of hem iets begon te dagen. Hij nam de meubels in ogenschouw en keek in de rondte. 'Papa ook,' zei hij.

'Papa ook?'

Max wees naar de bank. 'Keja.'

Keja. Wat was keja? 'Oh, bedoel je de bank. Van Ikea?'

Max knikte. 'Bij keja is de ballenbak.'

Jezus, ze hadden er een abonnement op. Hij was een ballenbak-kind geworden. Ikea: meubelvertier voor het gezin, met een vaste looproute voor analfabeten. Je kon er maar op een manier doorheen. En je kon niet veel beter doen dan je kind in de ballenbak achterlaten.

'Hou je van de ballenbak, Max,' vroeg ik.

Hij stapte naar me toe en knikte heftig.

Opeens begreep ik het. 'En nu heeft die stomme papa jou hier gelaten en zit hij met Hilde in de ballenbak.' Wat een ellende. 'En jij mocht niet mee.'

Max knikte en kwam nog een stapje dichterbij. 'Keja, ik ook naar keja!'

'Wij gaan iets veel leukers doen dan keja,' beloofde ik. 'Zul je niet meer huilen?'

Hij twijfelde.

'Mama neemt jou mee naar de wipkip.'

Hij bestudeerde de koekjes op de tafel.

'Toe maar,' zei ik. 'Voor jou.' Ik hield mijn adem in, voelde me de babysit van om de hoek. Als hij maar een enkel koekje zou accepteren, dat zou het begin markeren, het begin van toenadering. Max wreef in zijn ogen en pakte een speculaasje, terwijl hij mij met argusogen bekeek.

***

Ik trok Max aan de hand mee en belde aan bij Marakech. Ze moest thuis zijn; ze was altijd thuis. Ze had beloofd te helpen, ze moest helpen, waarom had ze het anders aangeboden. Er gebeurde niets. Misschien hield ze zich stil. Of was ze echt weg? vroeg ik me af, zenuwachtig werd ik ervan. Max keek me vragend aan. Waar was ze naartoe? Het kon niet, het bestond niet dat ze verdwenen was. Dat meende ze niet. Ik kende haar nog maar net, ze kon me niet laten zitten. Ik drukte weer op de bel, langer nu. Het huis was stil. Het kon net zo goed on-bewoond zijn. Ik greep Max bij de hand en stak over naar het pleintje. Op het bankje zat een groepje Turkse vrouwen met kinderwagens te wiegen. Ik ging op de hoek van het bankje zitten; de vrouwen knikten. 'Mooi zoon, jij, çok güzel.'

Ik probeerde een glimlach.

'En heel mooi weer vandaag, abla, buitenspelen goed voor jouw kind.' Ze knikten me druk toe, bemoedigend. Ik overzag het pleintje. Max begon een verkenningstocht. Opeens ver-scheen Bouchard naast me, met een tas vol folders. 'U hier,' deed hij verrast.

'Jij hier,' zei ik. 'En je brengt folders rond.'

Max klom als een slingeraap in de touwen van het klim-rek. Wat was hij behendig, dacht ik. 'Dat is mijn zoontje,' zei ik tegen Bouchard.

'Ik heb geen zoontje,' antwoordde hij schouderophalend. Het zat niet in zijn ziekenfondspakket. Ik had geen idee of hij überhaupt familie had. Misschien was hij gewoon verschenen, uit de grond geplopt als zijn paddestoelen. Op een dag bestaan ze en je komt niet meer van ze af. Bouchard liep het plein over, propte in elke brievengleuf een folder. Waarschijnlijk ging het over de wethouder, over de maquette en over hoe alles nog te redden viel, als de buurt zijn best deed.

'Eerlijk gezegd,' riep ik hem na, 'ik heb ook geen zoontje. Zijn vader wel.'

De Turkse vrouwen keken vanonder hun hoofddoeken onze kant op. Bouchard hoestte luidruchtig en ritste langs zijn bretels. Toen stopte hij het pakket folders in zijn tas en kwam bij me terug. Dat we hem troffen, meldde hij, was een geluk. Hij zou op excursie zijn, vandaag, met de Vereniging Van Mycologen. Een belangrijke dag, de landelijke contactdag. Helaas, door een misverstand had men hem zijn bestuursplek afgenomen. Hij liet het er niet bij zitten, natuurlijk, maar voor nu gaven de folders afleiding.

Ik vroeg of hij in die folders geloofde.

'Mijn huis en de straat zijn het enige dat telt,' antwoordde hij en wilde verder lopen.

Wat was er toch zo belangrijk aan dat huis. Wat verborg hij daar, wat wilde hij tot elke prijs bewaren. 'Het wordt niks meer met deze straat,' zei ik. 'Net als mijn rechtszaak. Ik ben gedoemd te verliezen. Sommige mensen zijn slimmer. Macht.'

Max rende op me af en begon aan mijn jas te pulken. Ik zocht in mijn tas naar snoepjes. Hij begon in een zakje M&M's te wroeten. Snoepjes doen het goed, concludeerde ik.

Je kon die sloopplannen een tijdje rekken, ja. Je kon de mensen hoop geven. Maar uiteindelijk zou hier een nieuwbouwwijk verrijzen met doorzonwoningen voor modale mensen, en een parkeergarage en een shoppingmall om de lokale economie op te krikken. En de sloebers, de muzikant, Tante

Betje op haar pantoffels, kortom, alle mensen waar Bouchard steeds mee in de clinch lag, zouden weggetimmerd worden achter splinternieuwe flatjes, langs de snelweg, in hoogbouw aan de rand van de stad, bij een winderig metrostation, waar niemand last van ze had, zodat het leek of de stad zijn doos met ouwe spullen opgeborgen had.

Ik zei tegen Max dat hij op de wipkip mocht. Hij liep erheen en klom erop. 'Mama ook? Helpen?' vroeg hij.

Helpen? Moest ik helpen? Kon hij niet zelf een wipkip bedienen?

Bouchard liep naar de wipkip en gaf Max een duwtje. Ze slaakten allebei kreten van plezier. Ik geeuwde, stak een sigaret op. Bouchard kwam weer bij me staan en zei dat Max een fijne zoon was. Daar moest ik zuinig op zijn.

'Ik ben benieuwd,' zei ik, 'wat er van jou terechtkomt op 12-hoog. En van Marakech...'

Hij boog zich naar me toe.

'Zo iemand als Marakech,' opperde ik, 'zit niet te wachten op weer een verhuizing. Geen enkele verandering trouwens.'

De vrouwen schikten hun doeken, mompelden met elkaar, susten de baby's in de kinderwagens. Bouchard ademde zwaar, liep naar Max, trok hem van de wipkip en zei: 'Kom jullie.'

Ik nam Max bij de hand en we liepen naar het geblindeerde huis. 'Wil ik niet,' zei Max.

'Moet even,' zei ik. Straks nog even bij Marakech proberen, dacht ik. Ze moest Max zien, het moest. Hoe kon ze uitgerekend nu weg zijn. Dat kon niet.

'Nee. Buiten spelen.' Max zette zich schrap.

Bouchard liep al naar binnen en verdween naar de keuken.

Max had geen zin in binnen. Hij had zich net verzoend met een wipkip en nog lang geen zin om afscheid te nemen.

Ik legde uit dat we iets gingen drinken bij deze meneer. Een aardige meneer, een vriend van mama.

'Nee.' Max gooide zich op de grond. Hij bleef liggen.

Stom joch, dacht ik. 'We zouden iets leuks doen. Dit is leuk.'

'Het is stom,' zei Max en ging verliggen, alsof hij een zonnebad nam.

Hij had gelijk ook; dit niet laten merken, nooit toegeven, niet verzwakken, overwicht bieden. Ik hurkte bij hem neer en trok aan zijn sweater. 'Jij bepaalt niet voor mij wat stom is. Begrepen?'

'Niet,' bokte hij.

'Wel,' zei ik. 'Dit is mijn wereld. Toon interesse in je moeder.' Een sliert maagzuur kroop omhoog. Ik slikte snel en concentreerde me op mijn ademhaling. Wat deden mensen toch met hun kinderen, hoe brachten ze de tijd door. In pretparken, dierentuinen, zwemparadijzen en grand cafés met een poppenhoek. Ik kokhalsde bijna. Wat schoot ik ermee op, met dit middagje oppassen voor de samenwoonplannen van mijn ex. Waarom had hij me niet voorbereid via een brief, een voorstel. Hoe kon hij me zo overrompelen. Ik was volgens hem toch niet capabel, zo labiel? 'Max, ik ga je nu oppakken en mee naar binnen nemen. En als je gaat krijsen, doe ik je wat.'

Hij verstijfde op het trottoir. Ik wilde hem optillen maar voelde hoe zijn spieren verstarden; hij werd een loodzware pop met ijzeren ledematen. Driftbuien. Natuurlijk, hoe kon ik dat vergeten. Kalm blijven, Josha, maak iets moois van je dynamiet. Stuur de wereld een regenbuitje in honderd kleuren. Ik sjorde Max van de stoep en zeulde hem de gang in. Hij zette een keel op en schreeuwde nee. Mooi zo, zijn woordenschat nam toe in mijn nabijheid. Een positief teken, mijn invloed deed hem goed. Ik sloot snel de voordeur en duwde hem de woonkamer in. Max krijste en schopte tegen me aan. Ik probeerde zijn getrap te ontwijken maar hij vocht uit alle macht, raakte me tegen mijn schenen en knieën.

'Klein monster!' Verblind schoot ik uit en mepte hem vol op zijn oor. Toen kromp ik ineen. Josha, beheers je. Niet nu! Als Max dit aan Erik liet merken... Erik zou het natuurlijk vragen: Mama slaan? Ja, mama slaan, nog steeds.

Hij brulde nog harder nee. Toen liet hij zich op de grond vallen en begon als een hoopje te snikken. Nee, nee, nee, huilde hij.

'Wat is aan de hand?' vroeg Bouchard en hij keek ontzet van mij naar Max.

'Niks bijzonders. Driftbuien. Hij probeert me gewoon uit.' Ik wreef over mijn schenen en liet me op de bank vallen. Max snotterde en zei nog steeds nee. Plakkerig van het gezweet staar ik naar het plafond. De geur van muizenurine maakte me slap.

Bouchard nam ons onderzoekend op. 'Misschien tijd voor een hapje.'

Een hapje. Hij dook de keuken weer in. Ik hoorde de pannen kletteren, messen ritsratsen, een vloek, een oh lala en na een tijdje verscheen hij met een dampend goedje bij de bank. Hij zette een paar borden op het tafeltje. Met zachte hand tikte hij even tegen Max. 'Heb je honger, jongen?'

Max strekte zijn benen en keek op. Hij kroop behoedzaam naar het tafeltje, duwde de telefoon opzij en rook aan het bord. Het zag eruit als aardappelkoekjes en goulash. Mijn maag knorde. Eigenlijk had ik trek. Niet aan de vitrinekast vol zwammen denken. Ik vroeg Bouchard of hij weleens aan een eigen tent had gedacht, een restaurantje. Of iemand in de omgeving wist van zijn kookkunsten?

Hij schrokte als een hond en haalde zijn schouders op; oui, hij had weleens gekookt in het buurthuis, een cursus gegeven; heel vreemd, mademoiselle, maar het deelnemers- aantal liep terug na de eerste les. De cursus was geannuleerd.

Ik nam mijn bord op schoot, hapte in een aardappelkoekje. 'Maar dit is heerlijk.'

Hij grijnsde. 'U bent verrast, hein?'

Max at het ene na het andere aardappelkoekje. Toen stond hij op en begon aan een speurtocht door de woonkamer. 'Mui- zen,' constateerde hij en boog zich met een kreetje over het muizentheater.

Bouchard propte goulash in zijn mond en zei: 'Zeg. Tus- sen u en mij. Die mevrouw Marakech. Die heks.'

'Ik weet niet waar je op doelt.'

Hij smakte. 'Nooit zei ze een woord. Altijd verstopt in die doeken. En dan opeens houdt ze een toespraak.'

'Dat komt door de lessen,' zei ik snel, 'de lessen doen haar goed.' Mijn hart raasde in mijn keel. Niets laten merken van hun telefonades, het geflirt in het donker. Dromen, betoverin- gen, voor wat ze waard waren. Liefde: een kwestie van tijd. Een slijtageslag, en daarna van wie de meeste macht had. Of er het beste mee wist te spelen. Wie het beste met zijn kind wist te spelen.

Hij nam weer een hap. 'Ik zei u al, zij is gevaarlijk.'

'Levensgevaarlijk,' zei ik.

'U begrijpt mij dus.'

Ik begreep er niets van. Maar het ging ongetwijfeld over zijn eer. In ieder geval leek het zo bij Marakech; van jongs af aan had ze gehoord dat mannen smeerlappen waren die je in bedwang moest houden. Met jouw eer. Daarom moest je die bedekken. Jouw eer kon hun nog gekker maken, jouw eer was de honing waar ze flauw van werden. Bedekken was een tijdelijke oplossing. Je kon geschiedenissen bedekken, vrouwen bedekken, maar uiteindelijk zou het gaan broeien, gisten en koken – en openbarsten als een vulkaan. 'Laten we zeggen...' begon ik, 'dat Marakech ook een eer heeft. Een eer waar niet iedereen dol op is. Daarom eh... houdt ze zich schuil.'

Hij schrokte het laatste beetje goulash naar binnen. 'Die vrouw, die doet ook telefoongesprekken, weet u.'

Ik keek hem extra dom aan.

'Ik heb die telefoonmevrouw...' Hij zuchtte zo diep dat hij de hik kreeg. 'Ik dacht dat we elkaar begrepen. Ze leek mijn spiegelbeeld. Kent u het sprookje van de IJskoningin, Josha?'

Ik knikte, hij hikte weer. Max lachte.

'Ik dacht dat Samira en ik... dat we de splinters uit elkaars oog haalden.'

Papkind, dacht ik, word wakker. Samira de Telefoniste speelt elk verhaal mee, voor iedereen. Ze verandert als een kameleon in de persoon die jij in haar ziet. Ook ik weet niet wie Marakech is, dacht ik, en waarschijnlijk wist ze het zelf niet. Max liet zijn handjes door de muizenstraatjes rennen. Als hij een muis te pakken kreeg, klonk zijn geschater. Ik zei tegen Bouchard dat Samira, of Marakech, haar best deed om een plek te veroveren.

'Die heeft zij. Maar. Ze moet mensen niet bedotten.' Hij schudde zijn hoofd.

Help, dacht ik, hij gaat haar lastigvallen. Daar gaat mijn contract, mijn voogdij. Goed gedaan, Josha, heel goed. Eerst win je het vertrouwen van een maanziek meisje. Goed zo, dan krijg je je kind terug; dienstbaar zijn, goede werken doen. Je bezorgt haar een baantje om te wennen aan mensen. Zodat ze niet meer in een chador hoeft, op de vlucht voor wat dan ook. Dat gaat prima. Marakech durft naar de wijkmeeting; modern gekleed, elegant. Heel goed, Josha. En je geeft haar een fan. Een enge man. 'Bouchard,' zei ik gejaagd, 'dit is een vergissing.'

Hij begon te briesen. 'Madame, ik ken de vergissingen, uit het leger. Een vergissing is dodelijk.'

Als hij het leger er nu eens buiten hield. 'Dit ligt anders, Bouchard,' benadrukte ik. 'Wat een heerlijke lunch overigens.'

'In het leger geleerd, Algerije, zo je wilt.'

'Luister,' zei ik zacht met een blik op Max, 'je weet niet alles. Het ligt ingewikkeld. Zweer me.' Hij moest zweren, het moest verdomme. Ik had niet voor niets zo mijn best gedaan.

Zijn ogen stonden leep; hij had vast nog nooit een vrouw gezworen.

Maar begreep hij dan niet dat Marakech zijn hulp nodig had, zijn steun? Ik had zijn hulp nodig, dacht ik. En niet zo'n beetje ook. Hij moest meewerken. Ik keek hem zo vriendelijk mogelijk aan. Marakech was een erg lief meisje, erg onzeker ook. Zijn verhalen deden haar goed, zijn aandacht door de telefoon was eh... balsem, ja, een balsem.

Zijn ogen werden nog leper. 'Geen grapjes meer, hein.'

Oké, balsem was overdreven. Maar toch, zalvend. Ach, ze bedoelde het goed, en dat ze op straat nooit iets zei: kon je dat een mens werkelijk verwijten, was dat een misdaad? Als hij Marakech lastigvalt, dacht ik, kan ik mijn contract vergeten. Ze zal zich beklagen bij de Centrale, de lessen stoppen, ze zal mij erop aankijken. Ik moest Reinout dringend iets positiefs mailen. Iets hoopgevends. Resultaten, zwart op wit.

Bouchard veegde een spoor goulashsaus van zijn kin en zette zijn handen in zijn nek. Hij liet een boer. Max giechelde op de achtergrond.

Zweren zou hij mij nooit. Medailles wilde hij. Zijn gelijk halen. Toen legde ik uit: jong meisje, streng gezin. Veel problemen. Gevlucht, vanwege een vriendje. Levensgevaar, politie.

Hij staarde voor zich uit, alsof hij een film van de woorden probeerde te vormen, alsof hij het in zijn kop wilde prenten. Ik vulde zijn film aan met details: de stokslagen, de incest, het zware huishoudelijk werk. Als hij haar maar met rust liet, geen stennis ging maken. 'Ze zoekt rust,' herhaalde ik streng. Ik veegde mijn zweethanden aan de bank af.

Bouchard kauwde op zijn lip. Hij wreef met zijn handen over zijn buik. Het overhemd zat vol vlekken waar ik de herkomst niet van wilde weten.

'Dus?' vroeg ik.

'Dat ze mij uit het bestuur hebben gezet: dat is erg,' zei hij opeens. 'Ik heb zoveel voor de mycologie gedaan. Kweekplannen, determineerdagen, nieuwe droogmethodes. Ze begrijpen me niet.'

Ik ging rechtop zitten. 'Marakech. Zij begrijpt je.' Zij begreep wat het was. Verstoten worden, verjaagd. Je plek kwijt zijn. Je kwaliteiten niet kunnen tonen. Marakech begreep hem; had hij dat niet gevoeld, door de telefoon? Ik keek naar het bakelieten toestel.

'Bon,' concludeerde hij na een lange stilte. Hij stampte met zijn klompen op de vloer, schudde zijn hoofd en zei dat het fout was, een dame alleen, in dat huis.

'Bouchard...'

'Oui.'

'Alleen Doris weet dit.' En nu hij ook. Ik greep naar mijn hoofd en wreef door mijn haar.

'Compris. Ik zwijg als het kraf.' En als bewijs zette hij zijn vinger tegen zijn mond en draaide er een slot op.

Een kraf.

'Waar wij allemaal eindigen, madame,' voegde hij toe terwijl hij via de achterkamer naar zijn tuin loerde. 'Sommigen een beetje eerder dan anderen.'

Hoeveel mensen had hij gedood. Het was een kwestie van 'jij of ik'. Een overeenkomst tussen hem en het leven. Hij was die overeenkomst vaker tegengekomen: jij of ik.

Max kraaide van plezier bij de muizen. Hij probeerde ze te vangen, drentelde langs de huisjes op en neer en zei alsmaar 'Leuk, muizen, leuk.' Hij leerde steeds meer woorden, merkte ik op. Het bezoekje aan mama was een succes. Nu Bouchard nog. Luchtig doen, er een draai aan geven. 'Stel dat er in de nieuwe straat...' zei ik, 'een plek voor jou komt, om te koken.'

Hij haalde zijn schouders op.

'Een eethuis dat je bijvoorbeeld... met Marakech kunt runnen.'

Hij pulkte in zijn oor. 'Madame, ik weet niet of ik met Marakech dat daglicht verdraag.'

Wat hadden ze toch tegen daglicht. Het gepiep van zijn muizenvolk klonk schril. Ze renden rond, klommen over daken en gevels en dreven de radaren aan waarmee een minuscuul watervalletje in werking trad. Max joelde.

'Praat gewoon met haar,' hoorde ik mezelf zeggen. Ik stond op en liep naar de achterkamer. Ik stond stil. De vitrinekast met de mycologie. Bouchard verdween met de borden naar de keuken, snel opende ik het kistje met de knolamaniet. Mijn handen beefden. Een doosje vol gif, niet aan denken, je wilde niet weten waartoe hij het bewaarde. Mijn hand greep aarzelend naar het zakje. Amatine. Hoe smaakte het, hoe werkte het, hoeveel moest je ervan nemen voordat je – De kamer werd wazig, de vloer onder me draaide. In mijn hoofd tintelde het, alsof ik naar de bodem van de zee zonk. Alles in één keer oplossen, alles voorbij. Doodmoe.

Ik schrok op. Een hand op mijn schouder. Laat me. Bouchard stond achter me en vroeg of alles in orde was. Ik glimlachte waarschijnlijk. Bijna tegelijkertijd sloten we de kast en liepen naar het raam. We keken naar de plastic bloemen en de molentjes en kabouters. Kerkhof, dacht ik, een kerkhof is het. Bouchard leunde tegen me aan en hijgde in mijn oor. 'Dit is van moi, juffrouw. Dit is alles wat ik heb, compris?'

***

Nu deed ze dan toch open, maar ze hield de deur tegen met haar voet. 'Dag Josha.'

Marakech moest ons binnenlaten, nu we er eindelijk waren. We waren laat, we moesten dadelijk weer weg. Maar toch. Nu ze eindelijk open deed. Ze keek niet-begrijpend. Waar had ik het over. Ik duwde Max naar voren. Ze straalde en begroette hem als een familielid. Ze hurkte voor hem, nam zijn toet in haar handen en mompelde 'Schatje, liefje, zoeteke, daar ben je eindelijk.'

Max smolt en stak zijn handjes uit, alsof hij opgetild wilde worden. Ik wist het: hij hield nu al van haar. Liet ze ons nu dan binnen, het werd fris op de stoep.

'Nee, Josha,' siste ze, 'nee. Ik had toch gezegd. Breng me niet in verlegenheid, alsjeblieft.'

Waarom deed ze me dit aan, wat ontging me - en waarom miste ik die kleine signalen die in de mensenwereld als normaal werden beschouwd. Waarom was ik zo hopeloos ongeschikt.

Ze wilde de deur al sluiten, maar ik trok aan de klink. Wat was het probleem, vroeg ik, ze wilde toch zo graag oppassen? Ik zag dat Max zich helemaal thuis voelde, kon ze niet heel eventjes... dan kon ik snel mijn boodschappen doen, heel eventjes maar.

Ze keek wanhopig. 'Nee, Josha, nee. Wat doe je me aan?'

Wat deed ik haar aan, nu nog mooier, ik deed haar dus iets aan. Ik stond buiten op de tocht, zij hield de deur toe en wilde ons niet binnenlaten. Wat deed zij ons aan? Wat waren haar woorden waard, haar woorden van welkom en zusterlijkheid? Wie zat er in haar woonkamer: de koning van Marokko?

Ze verborg haar gezicht in haar handen. 'Het gaat niet,' verontschuldigde ze zich. 'ik ben even weg.'

'Je bent niet weg. Je bent helemaal hier.'

'In mijn hoofd, lieverd. Er gebeurt te veel. Maak het me niet nog moeilijker; ik zeg niet graag nee. Is erg onbeleefd bij ons.' Ze keek zo treurig, verscheurd.

Ik duwde mijn voet tussen de deur. Dus ze maakte geen tijd voor ons, net nu Max zich zo verheugd had op dit bezoekje? Echt niet?

'Je weet toch wat ik zei, laatst,' zei ze gedempt. 'Het is die neef. Spoken van vroeger die me lastig maken. Ik smeek je, laat me de deur sluiten.' Ze sloeg haar hand tegen haar borst en kreunde. Toen keerde ze zich af en gooide de deur dicht.

**

Max kraaide vanwege Kabouter Plop. Ik rookte een sigaret en tuurde uit het raam. Erik was weer laat. Je kon nergens van op aan. Een tijdstip betekende niets, niets. Net als deze middag, die ook niets betekende. Ik had een paar uur opgepast op een jongetje. Dadelijk zou hij met papa meegaan. Onbegrijpelijk. Een kind bij de vader, dat is haram, hoorde ik Marakech zeggen. Misschien was mijn hele leven haram. Punt van overleg met Luc. Nog een punt van overleg: de vitrinekast van Bouchard. Ik hoopte dat het voorval zich niet had vastgezet in

Max' geheugen, voor zover een tweejarige zoiets had.

Terwijl Bouchard en ik zijn tuintje instaarden, was Max naar de vitrinekast gelopen. Kinderen en hun nieuwsgierigheid. Kleine ontdekkingsreizigers. Ik praatte nog wat met Bouchard. Waarom betekende dat tuintje zo veel voor hem; wie kon er echt van plastic bloemen houden. Hij. Hij zag geen plastic bloemen. Verhalen zag hij, sprookjes. Zijn moeder, pardon, maar hij had een lieve moeder. Moge ze in vrede rusten, daar. Hij keek de tuin in. Ze vertelde sprookjes. Al die bloemen en plantjes en molentjes... verborgen een verhaal, een sprookje. *De ijskoningin*, weet u? Maar nog zoveel andere verhalen. *Het goudkistje in de grond, de tuinman en de dood, de valk die met de wolken danste, de sprekende koets.* Wist ik dat? Vertelde ik mijn zoon geen verhalen, quoi? En hij had zich omgedraaid naar Max.

Die stond op een stoel. De glazen kast stond open. In zijn handen was het kistje. Mijn hart maakte een sprongetje, de vloer begon weer te draaien. Maar ik riep: 'Nee, Max, stop.'

Bouchard keek toe en deed niets. Alsof hij wilde zien wat er zou gebeuren, alsof hij dit wilde.

'Max,' commandeerde ik, 'zet terug. Nu.' Langzaam liep ik naar hem toe. Legde mijn handen om de zijne, glimlachte en trok het kistje uit zijn handjes. 'Goed zo,' zei ik. 'Niet.'

Max kreeg een bibberlip en barstte in tranen uit. Bouchard sjorde aan zijn bretels. Einde experiment, dacht ik.

Maar hij had nog geen herinneringen, dat zei een therapeut, lang geleden. Het was iets met de groei van hersenen. Dus Max was alles kwijt en zat nu vrolijk voor de buis. En toen eindelijk de bel ging, sprong hij dolblij op: 'Papa.'

Op tafel stonden de borden nog vol koeken en kaakjes.

'Ging het goed?' vroeg Erik met zijn lachje. Hij wiebelde op zijn schoenen in de deuropening. Max klauterde de trap af en vloog in zijn armen.

Alles naar wens verlopen. Niet over Bouchard beginnen, jij ook niet Max, niet over Bouchard.

Erik nam Max op de arm en noemde hem een echte vent. 'De tas nog,' zei hij.

Ik schrok. De tas, de tas. Ik rende de trap op, luisterde naar hun stemmen. Natuurlijk zei Max niets. Wat viel er te vertellen: er was een man met muizen en een kast met een kistje en ik kreeg eten. En mama sloeg me omdat we bij haar vriend gingen. Welnee; ze spraken korte woordjes, over Ikea. Ik pakte de tas; zijn flesjes Roosvicee, zijn luiers, alles zat er onaangeroerd in.

'Ik bel wel weer eens,' zei Erik. 'En ik krijg nog twee maanden alimentatie.'

De alimentatie. Een tijdbom. 'Wacht.'

Hij draaide zich om op het tuinpad en keek met een vies gezicht. Alsof ik nog iets zou willen.

Ja, wel iets. 'Wacht, Erik. Hoe bedoel je: ik bel.'

'Je wilt je kind toch zien,' vroeg hij kort.

Adder. Dat was niet mijn vraag. Geef antwoord op mijn vraag. 'Geef nou gewoon antwoord,' zei ik.

'Goed, dan bel ik niet.'

'Erik, dit moest toch formeel geregeld worden? Via de advocaat.'

'Ook best. Als jij het geld voor die mevrouw S. nog kan missen.'

'Waar heb je het over. Natuurlijk wil ik Max zien. Maar ik ben de babysit niet. Je kunt hem niet te pas en te onpas dumpen.'

'Dumpen? Nou nog mooier. Dumpen. Ik dump mijn kind? Laat me niet lachen,' en hij begon te grinniken. 'Ik hoor het al. Jij bent blij dat je van hem af bent. Zo is het, hè, Josje?'

Hij keek dreigend. Max' gezichtje betrok, er verscheen een trillende lip.

'Doe dit niet, Erik, hou op.' Hoe kreeg hij het voor elkaar om elk gesprek te verdraaien tot een martelgang van schuld en fout. Er klopte iets niet. Hij kon niet zomaar zijn zoon afgeven, zonder bezoekregeling. Max was geen doos met spullen. Je kon hem niet kriskras verkassen. Hij moest weten waar hij aan toe was. Er moest structuur komen. Een heldere lijn. Zelfs ik had behoefte aan een lijn.

'Ik heb het altijd geweten. Je spoort echt niet. Echt niet.' Hij repte zich naar de auto. Toen voelde hij aan de tas en keek verbaasd. 'Je hebt hem niet verschoond,' riep hij, 'zelfs dat kun je niet.'

6. Inkomsten

Zelfs een luier verwisselen kon ik dus niet. Ooit kon ik alles: ik was zijn zielsverwant, boekhouder, zijn kantonrechter, zijn geilste gedachten, zijn kok en zijn washulp. Nu was Hilde het, maar dan met tien jaar meer energie; zo verplaatste de vuile was zich naar het volgende huis, naar andere kamers en kelders. Relaties zijn wasserettes waar de vuile was van exen gestoomd en gesteven wordt, netjes de kast ingaat tot de volgende keer, waar nieuwe koffievlekken en gebroken glas voor nieuwe vuile was zorgen, ja, de stad zit vol wasserettes en ze draaien overuren. Er verre van blijven zou beter zijn.

Zoiets riep Reinout ook toen hij me een paar dagen later belde.

Ik begreep het niet. Waren er klachten.

'Klachten. Ha! Zijn er klachten. Luister, Josha, ik moet dit bij de directie neerleggen, dit gaat jou je overeenkomst kosten.'

Mijn overeenkomst. Wat nu weer.

'We zijn hier gebeld door een tierende vent.'

Een tierende vent. Oké, dat was Erik of de kinderbescherming. 'Wat zei hij.'

'Je kent hem dus.'

Niet te snel happen. Was er iets voorgevallen? Ik kon hem

meteen even een evaluatie sturen.

Reinout klonk niet opgewekt. 'Mag ik vragen waar jij mee bezig bent?'

Stilte.

'Ik ben vanmiddag op kantoor, kom hierheen.' En hij verbrak de verbinding.

Ik stond voor de spiegel. Ik begreep niet wat er aan de hand was. Welke boze man had iets met mij en iets met de Centrale. Ik gaf mijn beeltenis een zoen op het spiegelglas. Ik was lekker bezig. Mijn spiegelbeeld schudde meewarig het hoofd en adviseerde meer lipstick en rouge. Reinout wachtte.

Een paar uur later schoof ik bij hem aan in een rookvrije kamer van de rookvrije Centrale. 'Josha,' begon hij en hij sloeg gewichtig het dossier van Marakech open. 'Je wist dat deze zaak gevoelig lag?'

'Ja,' mompelde ik. Twee keer kort bellen enzo. Maar het was fijn geweest als de Centrale meer uitleg gaf dan belinstructies. Wat was er toch mis?

'Blijkbaar heeft de cursist je ingelicht over haar privéproblemen?'

'Een beetje.' Ik hield mijn mond over de map, die thuis lag, veilig in een doos met spullen waar niemand bij kon, veiliger dan Marakech waarschijnlijk ooit zou zijn.

'Leg mij nu eens uit hoe het privé van Marakech bij haar buurman van nummer 12 terechtkomt. Hij klinkt niet bepaald als een... vriend.'

'Oh nee.'

Reinout trok een ondervragers-gezicht.

'Dat meen je niet. Heeft hij jullie gebeld?' Ik begon te lachen. Het verkeerde moment, Josha. Bouchard, dacht ik, wat ben je toch een zak.

Reinout zei: 'Hij zegt een vriend te zijn. Van Marakech.'

Een vriend, welja, waarom ook niet. Wat zijn vrienden, dacht ik, terwijl ik door het blauwige kantoorglas naar buiten staarde, waar de wind witte flarden voorbij joeg. Ik had ontzettende trek in een sigaret, uitgerekend hier, in dit brandschone kantoor. Vrienden. Waren dat degenen die jou zover kregen dat je je handtekening onder een verklaring van onvermogen zette? Verliefd werden op je bijna-ex-man? Die je voor een dichte deur lieten staan nadat ze zichzelf als oppas hadden aangeboden? Die tijdens een gesprek een bombardement van pinda's op je afvuurden? Of zwegen als het graf? Ik pakte mijn shag uit mijn tas en begon te draaien.

'Je weet dat je hier niet...'

Ik glimlachte. 'Ik weet het, Reinout.' Ik draaide een piraatje en stak het achter mijn oor.

'Josha,' vervolgde hij, 'dat meisje loopt gevaar. Als er te veel mensen. Van haar bestaan. Weten.' Zijn ogen stonden diepzinnig.

Ik speelde met mijn aansteker en zei: 'Je snapt het niet. Die buurt, die straat, is een tijdbom. Al die mensen zijn in paniek. Van het een komt het ander. Ik praat eens met die. Dan weer met die.'

'Waarom. Waarom?' Zijn stem ging tegelijk met zijn nek omhoog.

'Als je het weten wilt: om te helpen.' Ik kon uitleggen hoe het zat, met de wethouder, het buurthuis, de mensen.

Reinout onderbrak me vinnig. 'Josje, jij bent aangesteld om die mevrouw Nederlands te leren. Ne-der-lands.'

Ik schaamde me en keek naar het donkerblauwe tegeltapijt. Minstens twintig tegels in deze kamer, vermoedde ik. Reinouts stem klonk steeds verder weg.

'Nederlands. Verder niets,' zei hij, 'niets.' Hoe kwam ik erbij om buren... buuuuuren... te gaan inlichten. Over vroeger, over –

'Ik licht geen buren in. Kijk, het zit zo.' En ik wilde uitleggen dat Bouchard en Marakech verliefd waren. Dat ze 's nachts met elkaar telefoneerden. God-weet-waarom, want ze leefden in verschillende werelden. Ik wilde hem uitleggen hoe dat ging. Hoe je via een e-mail-liefde kon trouwen. Hoe mensen verkering kregen via sms-berichten. Dat mensen elkaar klaarmaakten via de webcam. Dat ze elkaar de tent uitvochten via Skype. En dat dat meer voldoening gaf dan een wasserette – pardon, dan een relatie. Mensen leefden in virtuele relaties. Werelden. Ik begon te zweten. Tweeëntwintig tegels waren het. Langs de plinten afgesneden tot halve tegels. Ik was zo duizelig. Ik wilde zoveel uitleggen. Marakech en de Rozenlijn, nog zo'n succes. Ook dat wilde ik heel precies en nauwkeurig uitleggen. Zodat het duidelijk was. Zodat alles goed kwam.

Reinout dronk zijn koffie, kletterde met kop en schotel en nam me uitvoerig op.

Waarom tegels, dacht ik. Waarom niet gewoon een grote lap tapijt. Waarom moest alles zo ingewikkeld zijn. Waarom moest ik alles tellen.

'Ik luister,' zei Reinout en wreef aan zijn trouwring.

En ik hield mijn mond. Reinout begreep niets van telefoneer-liefde. Of van de spelletjes van Marakech, de spelletjes die haar nog iets van hoop boden, waar ze zich aan vastklampte alsof het een reddingsvest was. Reinout zou ook nooit iets begrijpen van het grote verlangen van Bouchard naar een medaille. Of van de totaal hopeloze toestand van de Rozenstraat, waar de huizen wegkropen van de schimmel, waar de dakgoten wapperden in de wind en waar die ene wipkip als een goudhaantje stond te huilen. Ik zag het aan de scheiding in zijn haar. Reinout bewoonde naar alle waarschijnlijkheid een eengezinswoning op een woonerf, zonder zorgen om funderingen, lekke dakgoten of afhangende pannen. En hij had in zijn buurt geen last van bedelende gebruikers, muzikanten die hun fiets verruilden voor de jouwe, mensen uit de dagopvang die op het asfalt gingen liggen en om genade riepen. Aan zijn gladgeschoren kin te zien, had hij ook geen last van vuile was, nee, zijn was lag keurig gestreken in een vrolijke Ikea-kast. Reinout had in zijn dagelijks leven uitsluitend last van docenten die zich niet aan het contract hielden.

'Je hebt je niet aan de geheimhouding in het contract gehouden,' concludeerde hij somber. Hij baalde, hij moest in actie komen. Hij wilde me niet ontslaan, hij wilde geen gedoe en hij had dat met mij - nog - niet gehad.

'Het spijt me. Ik doe mijn best,' zei ik.

Hij schraapte langdurig zijn keel. 'Het lijkt me beter dat ik een vervanger voor je zoek.' Dan mocht ik even met verlof.

'Een vervanger. Verlof. Nee. Waarom. Heb je de tussenevaluatie gezien, heb je gelezen hoe ze vordert.'

Of ik daar een aandeel in had, betwijfelde ik; de Rozenlijn gaf Marakech vleugels. Ze raakte thuis in plaatselijk slang waar zelfs ik niet in thuis was.

'Ze is slim. Ze vordert. Ze haalt het ook zonder jou.'

'Nee. Ze haalt het niet.' Mijn maag bonkte. Ik dacht aan Marakech. Paniek-ogen. De nacht bij de fontein aan de Boulevard. Marakech overstuur, overstuur van haar eigen leugens. Iedereen loog. Maar zij bezweek eronder. Die blik van haar. Blijf je mijn docent? Ja, wat er ook gebeurt. Beloof je dat? Ja, wat dacht jij. Ook als ik lieg, Josha? De sproeiers van de fonteinen, het voorbijrazende verkeer, de paniek in haar ogen. Of in de mijne, vroeg ik me nu af. 'Ze redt het niet, Reinout,' en ik slikte al dat maagzuur terug. 'Nog niet. Niet nu. Kom op. Ik zal de buren... die Fransman... ik zal iedereen erbuiten laten. Een andere docent zal opnieuw moeten beginnen. Dat gaat niet.'

Hij staarde me aan, bladerde nog eens door het dossier. Staarde me weer aan. Wat vond hij zichzelf belangrijk. 'Geen klachten meer.'

'Bouchard is een meester-klager,' mompelde ik. Ik schoof heen en weer op mijn stoel.

'Hij dreigde met van alles. Ik zal het niet allemaal herhalen.'

'Had hij het nog over de renovatieplannen van die straat?' vroeg ik.

'Hoezo.'

'Die hele buurt gaat plat,' zei ik. 'Jullie heel speciale cursiste met al haar privacy zal voor de zoveelste keer moeten verhuizen.'

Hij pakte zijn pen en begon ermee te spelen. De zon gleed naar binnen en zette het kantoor in een broeierig, stoffig schijnsel. Reinout legde de pen kaarsrecht onder het dossier. 'Dat speel ik door naar de woningcorporatie,' zei hij, 'dat is hun verantwoordelijkheid.'

'Het zou kunnen...' opperde ik, 'dat zoiets invloed heeft op de prestaties van deze cursiste. Op het einddoel... de bonus.'

Hij pakte de pen weer, krabbelde driftig op een blaadje dat in het dossier verdween. 'Dat laatste heb ik niet gehoord. Het gaat om meetbare resultaten, Josje.'

Inderdaad, resultaten; de bonus, de bonus die ze van de gemeente kregen als de cursist een certificaat behaalde. Ik had het bloedheet. Ik wilde de glimmend blauwe ramen aan diggelen slaan, alle dossiers naar buiten smijten en er zelf achteraan springen. Maar ik zweeg en liet het erbij.

'We laten het hierbij,' zei Reinout en hij werkte mij

handenschuddend het kantoor uit.

***

Luc werkte het lijstje af: gebrek aan werk, gezin, geld, persoonlijke ontwikkeling en huis. Hij maakte zich waarschijnlijk zorgen. Hij vond het te grillig met mij. Met vuurwerk bedoelde hij iets anders dan hier en daar een strijker afsteken. Zo langzamerhand begreep hij waarom de hypnotherapeute er geen zin meer in had. Erg veel progressie boekte ik niet.

'En nu wil je ook je huis verkopen?' vroeg hij ongelovig.

'Ik wil mens onder de mensen zijn,' legde ik uit. 'In de Rozenstraat bijvoorbeeld... daar wonen echte mensen met echte levens. Mijn buurt is kakzooi.'

Luc wreef vermoeid langs zijn voorhoofd.

En wat betreft mijn progressie: ik werkte druk aan mijn tips. Ik nam initiatieven om netelige kwesties op te lossen. Ik pakte de dingen zo anders aan, nu. Terwijl ik dit uiteenzette, keek hij droevig over zijn bril. Eerlijk gezegd leek de situatie hem hopeloos.

Hoe kon een psycholoog dat zeggen. Hoe kon hij zo hard zijn.

'Het lijkt of jij beter gedijt onder een hard regime,' merkte hij op en begon zijn nagelriemen te masseren.

Harde regimes waren klote, maar duidelijk; daarin gaf ik hem gelijk. Maar ik wist niet waarin ik het beste gedijde. Alsof ik een plant was die met betere aarde en mest tot bloei kon komen, een buitenaards sprietje dat niet te veel zon, niet te weinig water en vooral niet te veel –

'Ik dacht meer aan een kleine pauze,' zei hij. 'Een pauze van jezelf. Even niets moeten.'

Ik dacht aan de middag met Max. Ik keek er liever niet op

terug. Het weerzien met Max was een vertoning. Dat Bouchard zich nu bij mijn werkgever meldde... En dat Marakech ons op de stoep had geweigerd: te gek voor woorden. Terwijl ik overuren draaide voor haar welzijn.

Niet alles tegelijk, vond Luc. Ten eerste: mijn werkgever had gelijk. Ik zat te diep in de problemen van die bewoners. Wat had ik daar feitelijk te zoeken, buiten de lesuren. Er gaan wonen zou een grap zijn. Waarom zocht ik geen vriendinnen op? En waarom liet ik mijn accordeonlessen verslonzen?

Vriendinnen. Af en toe vermoedde ik dat Hilde belde: dan klonk er zenuwachtig gehijg in de hoorn en werd er snel opgelegd. Ik zweeg haar dood. Andere vriendinnen waren druk met settelen en gelukkig doen. Trouwen, baby's dopen, baby's fotograferen, carrière van man ondersteunen.

Luc ging verzitten. 'Het klinkt zo eenzaam. Je hebt de leeftijd niet om eenzaam te doen.'

Eenzaam, welnee, ik hield mijn sociale leven juist een beetje kaal omdat ik anders zou bezwijken onder de gezelligheid.

Hij fronste. 'Hou jezelf niet voor de gek.'

Ik schoot in de lach.

'Wat valt er te lachen,' vroeg hij. 'Waarom lach je als het je naar de keel vliegt.'

Ik slikte. 'Gezonde zelfspot. Neem me mijn lach niet af.'

'Ik neem je niks af,' zei hij kort. 'Het gaat erom hoe jij je leven verdraagt.' En hij stond op om een schaaltje pinda's te halen.

***

Mijn accordeonlessen. Ik liet ze niet verslonzen, de docent deed dat; na jaren van werkloosheid had hij een baan als jeugdwerker in een moeilijke wijk in Zuid gevonden. Daardoor had hij nu eindelijk weer gas en licht in huis. Hij kon nu ook de wateroverlast in zijn keuken aanpakken. Maar hij had geen tijd meer voor accordeonlessen. En, had hij gezegd, aan elk talent zat een plafond. Mijn plafond maakte me verdrietig en al gauw stond de accordeon in een hoek van de kamer. Tijdens het laatste bezoek had mijn moeder hem afgestoft en gemompeld dat het zonde was. Haar broer was organist in de kerk, de muziek zat in de familie, zo zonde dat alles bij mij ophield.

Misschien moest ik Lucs advies ter harte nemen. Kalm aan doen. De muziek weer oppakken. Mijn repertoire bestond uit droevige deuntjes waarbij ik zelf het hardst huilde.

'Dat is tenminste iets,' had Luc gezegd. 'Je kunt het.'

Ik kon het. Ik speelde musettes, chansons, ballades. Maar de grootste smartlap leek ik zelf; ik kon de mineuren en puffende basakkoorden niet meer aanhoren. Alles liep spaak, versplinterde onder mijn handen. Luc had gelijk, ik werd gek van zijn gelijk. Ik had me vastgeklampt aan het project Marakech en ook dat leek op een ijsberg te stuiten. Mijn contact met Max was hopeloos, vooral in de ogen van anderen. Luc had gelijk. Iedereen had gelijk.

Ik pakte de mintgroene Paolo Soprani. Volgens de docent een unicum. Hij was verbaasd dat ik deze op de kop had getikt; een van de beste Italiaanse merken met een heldere, zachte klank. Alleen de C jengelde. Mijn vingers gleden over de toetsen, over de basknopjes. Het voelde zo vertrouwd, zo stevig. Ik sjorde de hengsels over mijn schouders en trok het ding op schoot. De balg zuchtte toen ik de riempjes losmaakte. Ik sloeg een paar akkoorden aan en trok de balg open. De kamer vulde zich met een lawine van kitsch. Vergane schepen, huilende vissersvrouwen, jankende honden, kotsende matrozen, hoertjes met gestripte jarretels. De tranen liepen over mijn wangen. Het zou nooit ophouden, nooit en nergens. Die absolute zekerheid maakte me gek, zoals de hypnotherapeute schreef toen ze naar het buitenland vertrok. Ook dat was natuurlijk mijn schuld; ze had gezegd dat ze na mijn problemen alleen nog van haar pensioen wilde genieten. Ik huilde nog harder. Ik speelde de Binnenweg Ballade. Een lied dat moeizaam door de kamer kroop, als een begrafenisstoet. Trager moest het, trager. Ik sleepte de tonen uit het instrument, maakte de uithalen zo lang mogelijk. Ik maakte bassen extra donker, zwaar en grotesk, alsof er een lijk aan de balg hing. Wat was ik zielig. Ja, en niemand begreep het. Ik trok nog eenmaal aan de balg, de accordeon hing hijgend op schoot en smeekte genade. Ik trippelde over de toetsen en eindigde met een pompeus mineurakkoord. Wam! Mijn neus zat vol snot, mijn wangen waren nat van mijn gejank. Ik zette de Soprani neer en liep naar de keuken voor een zakdoek. Toeterend snoot ik mijn neus leeg in het papier.

Mijn ogen brandden. Toen ik opkeek, zag ik meneer Glasnost, van de bloemen, op zijn balkon. Hij applaudisseerde en maakte een buiging.

7. Onderwijskansen

Ik nam baklava mee. Baklava leek me het juiste zoenoffer. Eten brengt mensen samen. Eten doet wonderen voor het gemoed. Het kan gebruikt worden als zoenoffer, als vergeldingsactie, als versiertruc, als besluit. Baklava was in deze omstandigheden het juiste antwoord. Toen ik aanbelde, vloog de deur open en een jongen met een zwart staartje glipte naar buiten. Hij liep me bijna omver. Verderop zag ik Bouchard zijn plastic gevelplanten bewateren. Ik liep achter Marakech de gang in. We stonden oog in oog. Als altijd. Toch bekeek ze mij met andere ogen. Zwarter. Alsof ik bij de anderen hoorde. Bij de mensen die je moest wantrouwen, op afstand houden, mensen voor wie je een masker opzette. Wat had ik in vredesnaam gedaan. 'Max vond jou erg lief,' zei ik tenslotte.

'Max is ook lief.' Haar uitdrukking ontspande. 'Maar jullie kwamen ongelegen.' Ze wiebelde op haar hakken en wreef in haar handen.

Ik gaf de baklava en waarschuwde dat ze het recht moest houden. Ze zette het op tafel en wierp me weer een donkere blik toe.

'Wat is er. Hou je niet van baklava,' zei ik en trok de lila slippers aan.

'Het is zoet,' antwoordde ze.

'Soms is zoet een schrale troost,' mompelde ik en staarde naar haar hakken. Ik stond op slippers, zij droeg naaldhakken. Ik liep met hennasporen op mijn handen terwijl zij er tegenwoordig mee naar de manicure ging.

Ze glimlachte fijntjes. 'Baklava is meer Turks.'

'Het spijt me.'

Ze trok me naar zich toe en gaf me een kus. 'Geeft niks, Josje. Het komt uit jouw goede hart.'

Ik was niet helemaal overtuigd van mijn hart. Ik haalde de lesmaterialen uit mijn tas en ging aan tafel zitten. Was het nu opgelost, het misverstand? Haar boze ogen? Konden we over tot de orde van de dag?

Ze schoof boeken opzij van de vloer en ging op het kleed zitten. 'Het is een drukke tijd, Josha.'

Zeg dat wel, heel druk. De paar uur met Max hadden me gevloerd. Met een peuter was een wandelingetje naar de bakker een militaire operatie. Koekje: nu! Plassen: nu! Pijn gedaan: nu! Drinken: nu! Moe: nu! Spelletje doen: nu? Uiteindelijk werden je eigen wensen uitgewist, omdat ze te ingewikkeld waren om te combineren.

'Er komen veel dingen op me af,' vervolgde ze.

'Die jongen die net wegging,' polste ik, 'is hij een van die dingen?'

Ze speelde met haar haar en draaide het in een streng achter haar oor. 'Als je goed vindt, ik praat niet daarover. Een andere keer.' Ze stak een sigaret op. Toen liep ze naar de kast en koos een cd uit. Welja, laten we dansen, dacht ik. We moesten nog zoveel thema's behandelen, nog zoveel grammaticale kwesties doorzwoegen. Ze gooide het volume omhoog en liet een fado door de kamer dwarrelen, als het zonnestof bij de ramen. Terwijl ik de les over het Nederlandse onderwijssysteem op tafel uitspreidde, neuriede en danste ze. Hoe langer ik naar haar keek, hoe meer ik me schaamde. Ik schaamde me; ik zag een valk die naar beneden stort. Ik keek naar iemand die niet weet hoe te landen. Voor zover er een landing bestaat. En dan, wat er daarna gebeurt. Ze danste als iemand die gewend was aan weggaan; ergens aankomen, tas uitpakken, verblijven, vertrekken. De enige droom die ze op papier had gezet, ging over tien tips en een valk. Toen het nummer wegstierf, zette ze met een ruk de cd-speler uit en commandeerde: 'Aan het werk.' Ze pakte een stuk papier en duwde het in mijn gezicht. 'Kun je deze corrigeren, Josha.'

Het was een pamflet over de Bloemenbuurt. Een oproep aan de bewoners voor een groot feest. Hapjes. Ik keek naar de onaangeroerde baklava in het doosje. Hapjes zouden er komen. Nog veel meer. Een springkussen. Muzikanten. Toe-spraken. Een handtekeningenactie. De wethouder kwam zelfs; hij kreeg een zoenoffer.

'Een zoenoffer?' vroeg ik.

Marakech lachte vals. 'Een idee van Bouchard.'

Ze had hem dus gesproken, dacht ik. Ik stelde me voor hoe ze de draad van het belspel weer hadden opgepakt, sinds de avond in het buurthuis. Hoe ze in elkaars stemmen verzopen. Maar ik durfde er niets over te vragen. 'Goh,' zei ik en las de tekst.

Ze werd onrustig. 'Staan er veel fouten in? Moet het be-ter?'

Ik speurde de zinnen af. Fouten. Het hele straatfeest was een fout. Straatfeesten waren de folklore waarmee de ge-meente kon zeggen: ziet u dat deze buurt leeft. Straatfeesten hadden geen invloed op de sloopplannen van de Rozenstraat. Niets. Niets! Alsof een muzikaal intermezzo de wethouder op andere gedachten zou brengen! Ik streepte kromme werk-woordsvormen aan. Grammaticale dwalingen, interpunctiedingetjes. Toen legde ik de tekst bij haar neer. 'Kijk er nog eens goed naar,' zei ik. 'Misschien zie je het zelf.'

Ze boog zich over het schrijfstuk en sloeg kreten. Ach, natuurlijk. Oh jee, zo dom. Terwijl ze begon te schrappen en verbeteren keek ik naar de gele kringen in het plafond. Een ideetje van Bouchard. Een zoenoffer. 'Wanneer hebben jullie dit...'

Ze kwam naast me zitten en dempte haar stem. 'We moeten nu wat doen, Josha. Is hoogste tijd. Wacht maar af.' En ze vertelde dat hij op bezoek was geweest.

Ik legde het pamflet opzij.

Ja, heel vreemd, maar een paar dagen geleden stond hij opeens voor de deur. Haar gezicht begon te stralen. Ik hoorde haar aan en dacht aan Bouchard.

Hij heeft zijn nette schoenen uit de kast gehaald en een schoon overhemd aangetrokken, eau de cologne van maman op zijn kin gesproeid. Hij komt binnen, buigt voor Marakech en gaat aan tafel zitten, terwijl hij nerveus om zich heen kijkt. Hij wrijft zijn handen, zet zijn bretels strak en zegt: 'Mademoiselle, u hebt me laten schrikken.'

Ze was vreselijk zenuwachtig, zei ze.

'En toen?' vroeg ik. Het thema Onderwijs kon ik wel vergeten.

'En toen... heb ik me verontschuldigd. Is een moeilijk woord, Josha.'

Verontschuldigen leek me altijd moeilijk.

'Meneer Bouchard,' zegt ze, 'sorry voor de verwarring.'

Welke verwarring, zegt hij: 'U spreekt namelijk erg mooi. En zo waar. Zo werkelijk.'

Werkelijk, dacht ik. Goh, was Marakech aan de telefoon, 's nachts, de werkelijke Marakech? In mijn tas klonk het gebrom van mijn mobiel. Laten gaan, niet nu.

Maar, zegt Bouchard, dat is niet alles, nee, de jongedame zit in zijn hoofd. Ook hij excuseert zich; het is lastig om de zaken van het hart te bespreken bij daglicht, maar vooruit, het moet: hij houdt van haar.

Marakech keek me vragend aan. Hield zij van hem of had ze nu eindelijk toegegeven dat alles voor haar een tijdverdrijf was, een blijspel, verstrooiing.

Er is weliswaar een klein probleem, stottert Bouchard... een vernedering, een kleintje maar. Dat wil hij de wereld uit hebben. Sinds de avond in het buurthuis begrijpt hij namelijk dat de dame van de Rozenlijn dezelfde persoon als de vreemde mejuffrouw van nummer 26 is. Die in de burka's. Een droevige zaak, zegt hij, aangezien hij elke religie verwerpt als verderfelijk instituut. Op de tweede plaats staat de overheid, maar daar wil hij het nu niet over hebben, bon. Een treurige zaak, omdat hij is gaan nadenken; ze kennen elkaar dus al maanden maar praten op straat geen woord. Hein? Hoe kan dat. Wat is de wereld vreemd. Hoe kan hij zeker zijn dat dit geen grap is? Een mens is tegenwoordig nergens zeker van. Hij zit niet te wachten op een grap.

'Een verkeerde grap doet pijn,' zegt Marakech tegen hem. 'Een goede grap geeft een beetje tranen en een beetje vreugde.'

Bon, goed. Mooi gezegd.

Volgens Marakech viel er toen een lange stilte, een stilte die zowel een beetje tranen als een beetje blijdschap gaf. Ze keek langs me en knipperde overdreven met haar wimpers. Er zat iets in haar oog. Oh help, het oog protesteerde en begon te tranen. Ze rende naar de keuken. Ik wachtte. Ze kwam terug, kuchte.

Het is een vreemde stilte, met Bouchard, zei ze. Het is de stilte waarin je niet weet wat te zeggen. Hoe het volgende moment zal zijn. Of hij je zal aanraken. Of je dit echt beleeft. De stilte waarin je je afvraagt of je nog terug kunt, terug wilt, of je nog rechtsomkeert kunt maken en alles vergeten. De stilte die de kamer vult totdat het zweet je uitbreekt. Je voelt je een stomme puber, hoewel je precies weet waar hij aan denkt, je kan zijn gedachten lezen aan zijn oogopslag. In die stilte kan alles. Maar als je doorgaat, wordt het nooit meer hetzelfde.

Een wasserette, dacht ik, liefde is een wasserette. Mijn mobiel bromde weer.

Na de lange stilte steekt Bouchard zijn hand over de tafel en grijpt de hare. Hij zegt dat hij een onbegrijpelijke beschermdrift voelt, een immens verlangen om ervoor te zorgen dat haar niets overkomt, geen ongeluk, geen pijn, geen pech. Hij wil... voor haar zorgen en hij drukt een kus op haar hand, die hij schoon vindt, schoner dan welke hand, hij heeft nog nooit zulke fraai gevormde vingers en nagels gezien, zo fijn en rank.

Zo ging het, zei Marakech. Ze rilde.

Ik stond op. 'Heb je het koud? Moet het raam dicht? De gordijnen?'

'Stil,' zei ze, 'er is meer.'

Ik ging weer zitten.

Want ze vindt dat ze Bouchard moet uitleggen waarom ze binnenblijft.

Dat wist hij al van mij, dacht ik, dook in mijn pakje shag en deed of ik volledig opging in het draaien van een sigaret.

Ze vertelt over huize Aletta en huize Simone van de vrouwenopvang.

'Die namen!' zei ik en maakte een kotsgebaar.

'Elk opvanghuis is naar een feministe genoemd. Is gedenkteken, een symbool, Josha,' zei ze met een blik alsof ik er niets van begreep.

'Rustig maar.'

'Stil.' Ze vertelt Bouchard nog meer. Over angst om ontdekt te worden. En hoe je in zo'n huis vergeefs naar een plekje voor jezelf zoekt, omdat het er wemelt van vrouwen als jij. Luidruchtige, schreeuwende, vloekende vrouwen, vrouwen met huilende baby's, met zieke kleuters. Vrouwen die je zeep stelen, vrouwen die hun eten aan je opdringen.

Ik keek naar de baklava die in de honing dreef.

Ze legt Bouchard nog meer uit. Over vrouwen die opgewacht worden en naar huis teruggaan; de vrouw die voor de deur van de opvang wordt doodgeschoten door haar ex-man.

'Was jij daar?' vroeg ik geschokt. Het was in alle actualiteitenrubrieken geweest.

'Gelukkig niet. Was op een andere plek. Maar we hoorden alles. Onze leidsters maakten veel extra uren om gerust te stellen. Soms leek dat huis beetje een gevangenis, en niet de vrijheid.' Ze keek droevig naar de vloer en trok de wikkel van het zoveelste pakje sigaretten.

De hele tijd, de hele tijd zit Bouchard te luisteren.

Ongelofelijk, dacht ik, dat hij zijn kop hield.

Dan staat hij op... en trekt haar naar zich toe. Grote berenarmen, zei ze.

Nu ziet ze pas echt zijn gezicht van heel dichtbij. Ze voelt nog steeds de stilte waarin ze terug zou kunnen. Maar ze wil niet terug. Ze wil. Zijn mond, zijn tong, zijn hals, zijn zweet en die achterlijke eau de cologne.

Ze was opgestaan en zei: 'Kijk. Zo.'

Ze wil haar tanden in zijn hemd zetten, de knoopjes openrukken, zijn huid proeven en zich heel lang, langzaam uitkleden. Ze knoopt haar blouse los, ze sjort haar hemdje over haar hoofd. Ze wil zich laten zien. Eerst haar linkerschouder. Haar rok laten zakken, haar panties afstropen. Net zolang tot ze met littekens en al voor hem staat.

Hier, wees ze, op het kleed.

En als ze bloot voor hem staat, met kippevel, Josha, maar niet van de kou, dan wil ze dat geruite overhemd van zijn lijf rukken, zijn ouwemannenbretels wegsmijten en... nee. Zijn broek mag hij aanhouden, dat moet zelfs. En ze keurt hem. Zijn handen pakken haar, ze voelt een rilling over haar buik. Maar ze zegt niets. Ze inspecteert zijn bovenlijf; een tattoo in vrouwenletters. Haar nagels glijden als naalden over die naam en ze schudt afkeurend haar hoofd, als een schooljuf. Hij slikt, ademt zwaar, slikt als een hond, zijn ogen alsmaar op haar borsten; hij houdt het niet meer, grinnikte ze, hij wil nu, hij knijpt haar huid en begint aan haar tepels te zuigen, hij drukt haar zowat fijn in zijn armen, hij likt haar borsten, haar hals, het litteken, alsof ze ingesmeerd is met stroop, ze voelt zijn lul in zijn broek, hard en –

'Baklava!' riep ik en hield het bakje in de lucht.

Marakech boog zich naar me toe, nam een hap en strekte zich uit. 'Wat vind je van?'

'Sappig,' zei ik en beet in een stuk baklava. Mierzoet. Walgelijk.

'Wat ben je toch muts,' zei ze. 'Jullie zijn zo bang, toch, voor de passie.'

Ja hoor, natuurlijk, de hartstocht, dat was het probleem. 'Ik geniet me gek van de passie.'

Ze likte haar mond af en haalde haar schouders op. 'Je ziet anders uit. Alsof jij plantje bent zonder water.'

'Ik heb een bloeiend seksleven, dank je,' antwoordde ik. Ik schoof de baklava opzij. De geur van honing en gebrand sesamzaad was te veel.

'Bij ons is normaal, Josha. De vrouwen, de zussen helpen elkaar. Als jij gaat trouwen, krijg jij eerst speciale behandeling van andere vrouw.'

'Geil. En daarna verklikken jullie elkaar als de boel niet volgens plan verloopt?' Ik dacht aan het vrouwenfeest, de cocktail van roddel en intimiteit, de blikken van afkeuring, jaloezie: jij wel, ik niet. Al die wijven waren bang. Bang dat de lust van de familie openbaar werd.

'Geilen is gezond, Josha. Zeker voor jou, mag best beetje meer.'

Ik ging recht zitten. Dit was genoeg. Volslagen onzin. Hoe durfde ze. Ik zag terug op een leven vol lust – toegegeven, vooral in de jaren voor Erik. Maar toch. Kroeg in en uit, blind dates, chatsites, een gigolo voor mijn verjaardag. De beste nacht uit mijn leven. De dichter uit mijn studietijd; zijn verzen, zijn achttiende-eeuwse hoffelijkheid. En de toetsenist, de toetsenist. 'Marakech,' zei ik. 'Ik, ik ben hier om, om aan je toekomst te werken, je staatsexamen.'

'Natuurlijk. Jij hebt gelijk,' zei ze spottend en ze gleed met haar vingers langs de flesjes nagellak op tafel. Ze koos zwart. Trefzeker doopte ze het kwastje in de lak en streek met lange halen langs haar nagels. Een zoetige snoeplucht verspreidde zich boven de tafel. Ze strekte haar handen en keek bewonderend naar haar zwarte nagels.

'Goed. Nog meer over Bouchard?'

'Laat maar,' zei ze.

'Mooi.' Ik duwde het buurtpamflet onder haar ogen. 'Laten we dit ding herschrijven.'

Ze trommelde op het tafelblad. Ze had er geen zin meer in. 'Ik ben echt zoooo moe nu,' zuchtte ze en vroeg of ik de pillen kon aangeven. Ze hield haar vingertoppen gespreid in de lucht en drukte voorzichtig twee tabletten uit de strip. Even later legde ze haar handen op haar buik. 'Erg veel pijn,' zei ze.

Kuren, kuren had ze. Het ene moment was ze dit, dan weer dat. Geen touw aan vast te knopen. Moest ik maar weer gaan dan, de les verzetten.

Weer bromde de mobiel in mijn tas. Ik greep in mijn tas, klapte het ding open. Reinout. 'Josha, waar zit je.'

'Waar ik zit. Waar ik zit? Gewoon, bij...'

'Josha, verdomme.'

Opeens schoot het me te binnen en ik kreeg het warm. Ik vloog overeind. Een groep, een groep, natuurlijk, mijn groep in West! 'Ik ga er meteen heen,' zei ik en wierp een snelle blik op de klok aan de muur. Half vier, hoe kon dat, hoe kon ik opeens een uur te laat zijn.

'Laat maar,' zei Reinout kortaf. 'We hebben ze naar huis gestuurd. Waar bén je?'

Iets verzinnen, iets heel ergs. 'Met Marakech bij de dokter,' stamelde ik en liep snel weg van de tafel, naar de achterkamer. Ik hield mijn handen om de mobiel. Mijn adem zat te hoog, ik slikte. Niks aan de hand, gewoon een slechte dag. Had ik vanmiddag mijn West-groep? Was het vandaag dinsdag? Wist Reinout zeker dat het dinsdag was? Gebruikte hij dezelfde agenda? Zaten we in dezelfde tijdzone? Mijn mobiel werd steeds plakkeriger en gleed bijna uit mijn handen. Kalmte. Iedereen vergat weleens iets. Er waren tien cursisten naar huis gestuurd; big deal. De metro werd laatst nog ontruimd, vanwege een achtergelaten boodschappentas bij de roltrappen. Daar werden honderden mensen naar huis gestuurd. Die dingen gebeuren. In de moderne wereld was je nergens meer zeker van. Je moest vooral kalm blijven en bedenken dat alles voorbij gaat. Luisterde Reinout?

'Josha, we zitten verdomme niet in de speeltuin,' zei hij. 'Het maakt me geen moer uit welke agenda jij gebruikt. Het maakt me niet uit, hoor je, maar ik ben je zo spuugzat, meid.'

'Het is echt heel druk bij de dokter,' zei ik zacht en legde mijn handen nog dichter om de gsm. 'Ik heb dat laatste niet goed verstaan.'

Reinout leek te luisteren waar ik me bevond. 'Wat klink je toch eigenaardig.'

'Een wachtkamergeluid, dat is het,' piepte mijn stem. 'Spoedgevallen. Heel veel spoedgevallen. Net als Marakech. Ze heeft buikpijn. Niet zomaar buikpijn. Iets verkeerds gegeten. Ik ben zelf heel voorzichtig. Je kunt niet voorzichtig genoeg zijn.'

Er klonk een vermoeide zucht aan de andere kant. Daarna hoorde ik hem overleggen. Ik werd ook nog in de wacht gezet. Marakech zat nog steeds met haar handen op haar buik en kreunde. Als ze maar niet echt ziek werd; ik wist niet eens welke dokter ze had. Ik had het benauwd, ik kreeg amper frisse lucht hier. Opeens klikte de lijn. 'Josha,' besloot Reinout, 'kom nu naar kantoor.'

Ik had mijn mobiel nog niet dichtgeklapt of er zoemde weer iets. De telefoon van Marakech, de Rozenlijn. Marakech kwam overeind, duwde de hoofdtelefoon op haar hoofd en drukte op een paar toetsen. De lijn stond open, ik kon meeluisteren.

'Momentje, lieverd,' zei ze. Ze draaide zich naar mij en bewoog druk met haar schouders. Ik gebaarde net zo druk terug; moest ik weg?

Ze negeerde me. Ging op in de stem. In zijn vragen. Waar hij naartoe moest, bij wie hij kon aankloppen. Ik ving iets op over het COC. De imam.

'Nee, kan echt niet,' zei Marakech.

'We zijn familie. Je moet helpen, ik ben bang.'

'Niet hier.' Ze klonk beslist. Daarna gingen ze verder in het Arabisch.

Ik voelde me draaierig. Ik luisterde hoe de jongen en Marakech op hoge toon met elkaar discussieerden. Nu kon ik het echt schudden. Ik rookte heel langzaam een sigaret en dacht aan de tweeëntwintig blauwe tapijttegels in het kantoor van Reinout. Ik verzamelde mijn lesspullen en propte de berg papieren in mijn tas.

'Het gaat niet,' zei Marakech, 'blijf daar.'

Er klonk gekreun, Arabische woorden.

'Nee,' zei ze. 'Nee.'

***

Bij mijn volgende bezoek aan het advocatenkantoor constateerde ik dat mevrouw S. nog steeds niet naar de kapper was geweest. Haar kapsel kreeg steeds meer weg van een oefenhoofd op de academie; strorode en oranje draden stonden wijd uiteen. Ze sloeg mijn dossier open. 'Je bent ontslagen?'

Dat vond ik een groot woord. Ik kreeg een rustpauze van de Centrale. Een pauze zoals iedereen die soms nodig heeft.

Mevrouw S. keek droevig. 'En je inkomen dan,' zei ze.

'Er zijn veel van dit soort particuliere bureaus. Ze zitten te springen om personeel.' Ik dacht aan Marakech. Marakech bezorgde me een maagzweer. Reinout wilde dat ik haar nooit meer zou zien. Onmogelijk, dacht ik. Misschien, had hij gezegd, heb ik over een tijdje weer iets voor je. Misschien. Als ik Marakech eerst met rust liet. Maar ze wilde helemaal niet met rust gelaten worden, sukkel, dacht ik. Hij moest eens weten hoe hard Marakech mij nodig had. Ik had zoveel voor haar gedaan. Waarom moest ik haar nu ook al met rust laten.

'En er is nog iets,' zei mevrouw S. nadat ze ons een kopje thee had ingeschonken. Ze duwde haar lippen tegen het porselein en nam kleine slokjes, als een muis die bang is dat de val neerklapt.

Ik roerde met het lepeltje in mijn kopje en tikte een liedje. Liedjes waren ook een optie. Als ik het huis verkocht... ik moest de makelaar nog terugbellen. Ik zou als straatmuzikant kunnen rondreizen. Bij de supermarkt zag ik elke dag dezelfde accordeonist. Hij speelde zigeunermuziek, was uit Roemenië hier gestrand. Vanonder zijn hoedje lachte hij altijd. Maar als ik eraan kwam, begon hij steevast sinterklaasliedjes te spelen. Het was droevig dat een muzikant dacht dat ik het type was van de sinterklaasmuziek. Verschrikkelijk. Ik wilde huilen bij zijn zigeunermelodieën. Maar misschien wilde hij me opvrolijken. Sinterklaasliedjes waren het veilige alternatief.

Mevrouw S. legde haar hand op mijn vingers. 'Zoals gezegd, er is nog iets.'

Ik stopte met tikken in het kopje. Ze schoof een brief naar me toe. Ik bestudeerde het document en knikte.

Zij knikte ook; we waren dus beiden op de hoogte van dezelfde feiten?

Ja.

Goed. Deze aanmaning van duizend euro begon onaangenaam te worden.

Inderdaad. Ik zou met alle liefde het onderhoud van Max betalen. De vraag was alleen: waarvan. En ook: waarom. Waarom moest ik als behoeftige TOOM-vrouw betalen aan een man die zichzelf uitstekend kon bedruipen? Ik dacht aan Hilde en de Ikea-spulletjes. In mijn gedachten baadde Hilde in het ballenbad en duwde ik de ballen door haar keel. Ik propte rode, gele en blauwe plastic ballen in haar strot, als een gans die wordt vetgemest voor de paté. Ik vulde haar helemaal op, totdat haar buik uitpuilde en ze erbij lag als een Michelinmannetje. En daarna prikte ik haar leeg. Ik prikte met naalden tot ze langzaam leegliep en door de lucht wegflubberde als een ballon.

Mevrouw S. verslikte zich in haar thee en wreef in haar ogen. 'Het probleem is...' vervolgde ze, 'dat we niet om de wet heen kunnen.'

De wet. Waar ging het over. Natuurlijk, de wet; die lag in de vorm van de aanmaning op de tafel. Ze zou met plezier om de wet heen gaan. Maar ze zag geen ruimte. Op dit moment zeker niet. Dus hoe langer ik weigerde te betalen, hoe lastiger het werd om Max te zien.

Mijn hoofd zat vol steken. 'Ik ben een speelbal van Ikea, ik bedoel van Erik.'

Elk strootje op haar hoofd was een vraagteken. Misschien had ik het slecht getroffen met mijn advocate.

'Als hij naar Ikea wil, dumpt hij Max. Maar als ik daar iets van zeg, noemt hij me weer labiel.'

'Wat moet je ervan zeggen?' vroeg ze. 'Je ex heeft het beste met Max voor.'

Ik begon te trillen. Beleefd blijven. 'Het klopt niet. Zien jullie het dan niet. Hij doet maar wat. Als hij naar Ikea wil, ben ik goed genoeg. Maar op alle andere momenten wappert hij met het vonnis van de rechter. Krijg ik berispingen van zijn advocaat. Het slaat nergens op. Ik kan geen kant op. Als ik me beklaag, ben ik gek.'

Ze tuitte haar knalrode lippen en kraaide. 'Het is toch heerlijk om je zoontje te zien?'

Ik kreeg zin om de strootjes van haar kapsel één voor één uit haar hersenpan te trekken en er een deurmat van te weven, eentje die generaties meegaat, met zwierige letters: Welcome. 'Het is een genot om Max te zien,' riep ik uit. 'Nog heerlijker is het om te weten waar ik aan toe ben.' Voor wie spande ze zich in, schreeuwde ik in haar oor, voor wie werkte ze verdomme? Wat kwam ik hier doen, was er dan niemand die begreep dat mijn ex me in een wurggreep hield?

Ze duwde me terug op mijn stoel. 'Max was overstuur toen hij bij je kwam.'

Het zweet sijpelde langs mijn billen. 'Natuurlijk is hij overstuur, natuurlijk. Ga jij graag naar je moeder als je niets dan spookverhalen hoort.'

Ze leek dit in overweging te nemen. En ik dacht aan mijn moeder, het meisje aan de IJssel dat bij rijke dames de vloeren schrobde en de matten klopte. Het meisje dat een filmsterren-glimlach kon nabootsen en niet wilde eten omdat ze dacht dat ze door de duivel gehaald werd. Ik probeerde een glimlach en zei: 'Max is in de war gemaakt.'

Mevrouw S. knikte druk; blijkbaar was dit een herkenningspunt. Ja, in de war, beslist. Maar de laatste tijd kwam er rust, nietwaar.

'Rust, ja. En die wordt verstoord wanneer mijn zoontje onverwacht bij mij wordt achtergelaten, zonder dat hij of ik weten waar we aan toe zijn. Zonder... een bezoekregeling. Waar niet over te praten valt omdat mijn ex me behandelt als een geestelijk gehandicapte!'

Ze bladerde in hevige tweestrijd door het dossier. 'Wat zegt je psycholoog?' vroeg ze toen.

8. Spullen

Psychologen geven geen mening. Het zijn eersteklas acteurs.
Je denkt dat ze je begrijpen. Ze knikken geïnteresseerd en
moedigen je aan. Ga door, leg eens uit, hoe bedoel je, wat bij-
zonder van je. Ze sluiten vriendschap voor de duur van een
consult. Ondertussen kwam ik amper toe aan het naleven van
mijn tips en de bezoekregeling kon ik schudden. Toen Jeugd-
zorg ook nog opbelde met het verzoek om video-opnames te
maken als Max weer zou komen, smeet ik de telefoon tegen
de muur.

'Mevrouw Lieven is niet coöperatief,' bauwde ik de mede-
werkster na. Dat zou natuurlijk weer in een rapport verschij-
nen; werkt de boel tegen. Verzet zich tegen samenwerking.
Gooit met spullen.

'Doe je dat nog steeds?' vroeg Luc.

'Nee!' Ik had amper spullen om mee te gooien. Prima, hoe
leger het huis werd, hoe beter. Spullen waren zo langzamerhand ballast. Ballast die me tegenhield om verder te komen.

'Josha, hoelang kun je nog vooruit met je salaris?'

Dat lag eraan of ik de alimentatie ging betalen. Ik had nog
een paar weken geld tegoed van de Centrale. Daarna werd
het schraal, heel schraal. Misschien moest ik echt mijn huis
verkopen.

'Dat houden we als laatste optie,' zei Luc snel.

Ik vroeg me af waar het bakje pinda's was. Hij zat alleen maar heel stil naar me te kijken. Nu ging hij waarschijnlijk vragen wat het ontslag met me deed.

'Wat doet het met jou?'

Wat doet ontslag met je. Ik voelde me zo moe. Iedereen deed bezorgd. Ik was niet ontslagen. Kort verlof. Een kort verlof klonk anders. Dat klonk eigenlijk veel beter, veel meer hoe het in feite zat.

'Waarom verdraai je de boel steeds?'

'Dat doe ik niet.'

Hij rekte zich uit en begon op te sommen: verklaring van de rechtbank, Tijdelijke Ontheffing Ouderlijke Macht, onvermogen om bij te dragen in de alimentatie, ziekelijk betrokken bij leerproces van cursiste, geen contact met familie, geen liefdesleven, geen –

'Hou op.' Ik kreeg de zenuwen van hem en ik had het ijskoud in die tuinkamer. Hij maakte iets heel anders van me, iets waar iedereen om zou lachen. Behalve ik. Ik vond dat ik me dapper door de feiten heensloeg; helaas werd ik door die feiten behoorlijk tegengewerkt.

Luc zat op het puntje van zijn stoel. 'Een aantal van die feiten heb je zelf veroorzaakt.'

Ik staarde de tuin in. Feiten doen zich voor, dacht ik. Waarom baarde ik een kokosnoot in plaats van een schattig donzen baby'tje. Waarom bewaarde Erik de rapportages van mijn hulpverleners. Had ik dat feit veroorzaakt? Nou? Kon Luc dat duiden?

Hij zweeg.

Om hem tevreden te stellen, vertelde ik snel dat ik weer accordeon speelde. Positief nieuws. Hoe ik voelde dat ik door het plafond van mijn talent kon breken, als ik nog meer ging studeren. En ik had een fan. Mijnheer Glasnost. Misschien kon ik ook eens een stukje op straat spelen. Eens kijken naar de respons.

Luc veerde op. 'Wacht daar even mee. Niet alles door elkaar. Wat gebeurt er toch in jouw hoofd. Je plakt alles aan en door elkaar. Zo komen we nergens.' Hij stelde voor dat ik met Reinout ging overleggen. Aan de hand van een puntsgewijs gesprek, dat ik uiteraard eerst thuis voorbereidde. 'Desnoods oefen je met Glasnost.' Voorbereiding en zelfbeheersing, dat zou helpen. Zodat ik niet in de verleiding zou komen om een handgranaat op tafel te leggen.

Een gesprek met Reinout. Reinout nam niet eens meer op als ik belde. Misschien had ik Marakech inderdaad naar de vernieling geholpen. Sloeg ze op hol. Zag zichzelf als een baken, als de prinses van Bouchard. Werd nu ook op de huid gezeten door een neef. Over het staatsexamen hoorde ik niets meer.

'Je bent gesteld geraakt op Marakech, waardoor je een erg grote focus op de lessen hebt gekregen,' vatte hij samen. 'Zo zit het toch?'

Mij best. De lessen. De Centrale had me afgemeld, Marakech belde mij niet, ik durfde zelf niet te bellen. Ik dacht aan de laatste les. Hoe ze vertelde over de vrijpartij met Bouchard. Marakech had geen moeite met vuurwerk en fonteinen. Ze ontglipte me voortdurend. Met alle taboes uit haar familie was ze zelf een groot labyrint. Een doolhof dat ze zelf zorgvuldig regisseerde. Misschien was dat de kern van elk geheim; dat je je eigen verhaal leerde regisseren.

Luc keek over zijn bril bezorgd naar mijn gehakkel. 'Afstand nemen van je eigen gevoel lijkt me de hoogste prioriteit. Jouw gevoelens kun je beter even in een doos op zolder zetten, bij de oude spullen. En laat die tips. Vergeet ze.'

'Ik ben er bijna,' zei ik blij. 'Spullen is tip 8. Nu komt nog Gemoedstoestand en Het vertrek.'

Luc liet zijn hoofd in zijn handen zakken en zweeg.

Ik begon te lachen. 'Geloof me, na het vertrek zit ik weer op de rails.'

9. Gemoedstoestand

Ik hing over het balkon en zwaaide naar mijnheer Glasnost. Wat deed die man toch de hele dag. Wat deed ik. Misschien moest ik het gewoon vragen. 'Hoe voelt u zich vandaag. Hoe bevalt het leven. Eenzaam, zegt u? Gefeliciteerd. Laten we wodka drinken.' Als ik smartlappen speelde, leunde hij zover mogelijk over de reling van zijn terras. Soms hoorde ik hem op zijn terras achter de krant een deuntje van mij neuriën, met een zware keel.

Maar toen de bel ging en ik weer bloemen van hem kreeg, voelde ik lichte paniek. Eerst rook ik aan het boeket. Het was dezelfde bezorger als de eerste keer. Hij sjokte als een chimpansee en zijn uitdrukking was grauw. Ik dacht aan zijn zieke baby, de ziekte waar de artsen geen antwoord op wisten. 'Hoe gaat het?' informeerde ik.

Hij verbleekte. Ik was de eerste klant die ernaar vroeg, dat ik me dat herinnerde. Het kind, het kind was... zijn kind leefde niet meer. Hij liet zijn armen bungelen, schopte steentjes weg en talmde; de vorige keer had hij haast maar nu niet, hij zou nooit meer haast hebben, hij hoefde niet meer voor de file thuis te zijn, hij hoefde niet op te schieten; zijn kind was dood. De artsen begrepen de ziekte niet. Of hij had gewoon pech gehad, dat gebeurde ook, legde hij uit. De baby was overleden, op een avond dat hij in de file naar het ziekenhuis stond. Dat moest hij er steeds bij vertellen, de file. Misschien was alles anders gelopen zonder die file. Hij moest verder leven met het idee dat hij te laat was gekomen.

Het folie van de bloemen ritselde in mijn handen. Een wesp probeerde te landen op een roos. Ik sloeg hem weg, legde mijn hand op de arm van de bezorger en vroeg naar zijn vrouw, hoe ging het met haar; nu hadden ze elkaar harder nodig dan ooit. Maar hij schudde zijn hoofd, zei dat ze was opgenomen op de psychiatrische afdeling. Ze trok het niet, het was te veel lege handen.

'Wat erg,' zei ik. 'Er zijn eigenlijk geen woorden voor.'

Toen staarde hij me wezenloos aan, alsof hij bij mij de woorden zou vinden. Maar ik wist het ook niet. Ik dacht aan Max. Ik kon de bezorger onmogelijk vertellen dat Max leefde en toch dood leek. Ik wilde dat er een andere bezorger was gekomen vandaag. 'Bent u hier altijd?' vroeg ik.

'Altijd,' antwoordde hij en hij overzag de straat alsof het zijn land was, alsof de geparkeerde auto's zijn koeien waren en de gesnoeide heggen zijn balen hooi.

'Zal ik dit boeket op het graf van uw kind leggen.' En ik drukte de bloemen tegen mijn borst. Je moest je aanwennen om elke dag bloemen te leggen op een kerkhof, juist als je geen doden betreurde. Een bloemenzee voor de doden, voor de ongeziene en de ongehoorde mensen. Het kerkhof werd een lustoord als er elke dag miljoenen bloemen op elke steen stonden.

De bezorger glimlachte en bedankte. Hij was van de week nog bij het graf geweest, hij had verse tulpen en anemonen neergezet. Een Mariakaars. En een teddybeer. Hij ging er elke dag even kijken. Zijn kind had een mooie plek op de begraafplaats. En de prijs viel alles mee. 'Dat kost nog wat, zo'n graf.

Je wilt niet weten wat het kost.' Opeens zette hij het op een lopen, met bungelende armen liep hij naar de bestelbus en zwaaide.

Ik dacht: zolang ik in deze straat woon, zal ik bloemen krijgen van een man met een dood kind en een psychiatrische vrouw. Ik keek naar de rozen van Glasnost en wilde er vanaf. Ik liep met de bos de straat uit. De hoek om, de volgende straat in. Halverwege stopte ik. Ik bestudeerde naambordjes en gluurde door ramen. Toen belde ik aan. De deur ging open. Er klonk een zwaar 'Da?' van bovenaan de trap. Dat was meneer Glasnost.

'Meneer,' zei ik in het donkere trapgat, 'ik kan de bloemen niet aannemen.'

Hij daalde een stukje zijn trap af en staarde me droevig aan met een rechthoekige grijns. Ik duwde het boeket de gang in. 'Deze bloemen. Ze zijn van u. Ik heb niks gedaan.'

'Kom,' zei hij. 'Kom.'

'Dank u,' zei ik en volgde hem naar boven.

'Meisje, meisje,' zei Glasnost.

Ik bleef met zijn bloemen in het midden van de kamer staan.

Hij spreidde zijn armen en zei: 'Ga zitten, ga zitten.' Sommige mensen zeggen alles dubbel.

'Deze bloemen,' zei ik. Hij moest geen bloemen meer sturen. Ik was nog niet dood. Ik kon het niet aannemen. Ik had niks gedaan. Alles ging fout. De bezorger was zijn baby kwijt. Ik was mijn kind kwijt. Marakech was haar zoontje kwijt. Erik treiterde me. Mijn psycholoog was me zat. Ik was blut. En de toetsenist was getrouwd.

Glasnost trok een blikje bier open en ging op zijn bank zitten. In de achterkamer zag ik het balkon. Daar stond hij dus altijd. Ik liep erheen en zag mijn huis, mijn geel geverfde balkon en de jonge plantjes. De geruisloze gordijnen bij mijn openslaande deuren. 'Daar woon ik,' stamelde ik.

'Dat klopt, dat klopt.' Glasnost knikte en zette zijn tv uit.

Ik draaide me naar hem om. 'Oh, kijk gerust verder, het stoort me niet.'

'Nee. Is niet belangrijk,' zei hij.

Het boeket werd steeds zwaarder in mijn handen. Ik liep terug naar Glasnost en stak de bloemen naar hem uit. Hij schudde beslist zijn hoofd.

'Zoals ik al zei...' begon ik weer, 'ik kom net van Luc. Hij is de enige die nog luistert. Heeft u vrienden. Ik ook niet. Ik krijg nooit bloemen. Binnenkort moet ik verhuizen. Het is een besmet huis. Kent u dat, een besmet huis? Dat je weg wilt. Weg. Bloemen. Ik heb bewondering voor Marakech. Die heeft het gedaan. Met tien tips. Ze is gewoon gegaan. Ik volg haar tips op. Maar weet u wat zo gek is...'

Hij schudde zijn hoofd en nam een slok bier.

Ik zuchtte. 'Die tips werken bij mij niet. Bij haar wel. Hoe kan dat? Je weet het niet. Je vraagt je af hoe het komt. Universele wetten zouden universeel toepasbaar moeten zijn, nietwaar. Dat is idioot. Net als bloemen. Ik hou ervan maar ik breng ze bij u terug; u bent de rechtmatige eigenaar. Maar u wilt ze niet.'

Glasnost keek me lang aan en zei toen: 'Ga eens zitten. Ik word nerveus van dat staan. Je moet ergens thuis komen. Ga zitten.' Hij kwam overeind, duwde me op een stoel en pakte de bloemen af. Hij rommelde in een kast, zette een vaas op tafel en schikte het boeket.

'Er moet water bij,' waarschuwde ik.

Hij lachte even. Hij deed een paar passen achteruit, bekeek zijn bloemen en knikte goedkeurend. Toen zei hij: 'Jij geeft de bloemen terug. Niet meer jouw zaak.'

Ik wilde naar huis.

'Meisje, meisje,' zei hij toen weer. 'Jij bent zo'n mooie vrouw. Ik kijk elke dag naar jou. Ik begrijp niet dat jij alleen bent. Dat je huilt op je bank. Dat je alleen eet. Alleen opstaat. Jij moet liefde hebben. Liefde, liefde.'

'Is weg, is weg,' zei ik. Dubbel spreken wende snel.

'Waarom, waarom,' zei Glasnost.

'Moeilijk, moeilijk,' zei ik.

We lachten.

Hij schudde zijn hoofd. Hij begreep het niet. 'Je speelt zo mooie muziek. Je danst zo mooi. Ik zie alles.'

'Ik wil niet dat je steeds kijkt.'

Hij boog zich vanaf de bank naar me toe. 'Ik denk dat je niets liever wilt. Dat iemand naar je kijkt, jou ziet. Liefde begint met zien.'

'Welnee. Liefde is een wasserette,' zei ik.

Hij lachte weer. 'Maar toch. Wasserettes zijn onmisbaar.' Hij stond op, liep naar de keuken en kwam terug met meer blikjes bier. 'Wil jij?'

Ik nam een blikje aan, bestudeerde de ingrediëntenlijst en trok aan het lipje.

'Goed, goed,' zei hij toen. 'We schrappen het woord liefde. Een vreemd woord. Niet te bevatten. Onmogelijk te begrijpen.' Maar hij zou blijven kijken, met mijn permissie uiteraard.

De onbeschaamdheid, dacht ik. Hoe haalde hij het in zijn hoofd. Maar misschien bedoelde hij iets anders. Misschien was kijken voor hem wat wandelen voor mij was: een alledaagse terloopse bezigheid.

Nee, zei hij. 'Liefde is een stroom, een passie.' Het kon zich uiten via de tenniswedstrijd die hij daarnet op tv zag. Maar ook via de bloesems in het voorjaar. In de smaak van een koud schuimend biertje. In de overbuurvrouw die accordeon speelde en zat te huilen. De overbuurvrouw die haar balkon opknapte, met alle concentratie die ze bezat. Eenzaamheid, vond hij, was de ultieme vorm van passie. Elk contact en elk gesprek verbrak de stilte, de passie. 'Mensen zoeken het bij elkaar en verliezen het daar,' zei hij.

Ik voelde me ongemakkelijk. 'Ze staan hier mooi, de rozen.'

Glasnost knikte, dronk bier en zweeg een tijdje. Toen vertelde hij over zijn land. Over de bijeenkomsten met vrienden op straat, waarbij de wodka van hand tot hand ging. Over de dag dat er in de hele stad geen pleister meer te koop was. Dat alle warenhuizen leeg waren. De reis naar Nederland. Hoe hij vanuit de trein aan het afval in de steden zag dat hij het westen naderde; bij elke stad werden de stortplaatsen kleiner en schoner. Bij Rotterdam was het brandschoon; geen vuilniszak langs de treinrails te bekennen. Hij vond dat hij in het paradijs was beland. Totdat hij naar het CWI ging en daar ontdekte dat zijn diploma ongeldig was. 'Dus je kunt jaren studeren,' zei hij, 'maar die studie betekent ergens anders niks meer.'

'Wat ben je dan?' vroeg ik.

Hij was arts.

'Arts,' herhaalde ik.

'Dokter, dokter,' zei hij. En een dokter kan overal mensen beter maken. Maar volgens het CWI kon dat niet.

Ik dacht aan de artsen van het zieke jongetje. De bloemenbezorger had verteld dat ze het niet wisten. Dat ze niks konden vinden. 'Je moet aan het werk,' zei ik. 'Je bent hard nodig.'

Zijn voeten schoven heen en weer over de grond. 'Hier ben je niks. Ik ben niemand. Ik kan mensen redden maar niet in deze land.' Hij kreeg geen werk omdat hij *deze* land in plaats van *dit* land zei. 'De taal, de taal,' zei hij. 'Steeds hetzelfde: de taal.' Bij hem was de taal een poëzie, een middel om liederen en strofen en geheime gedachten uit te wisselen en verzet te bieden aan de regering. 'Hier is de taal een munteenheid waarmee je werk koopt,' besloot hij. 'Alles draait om geld. En papieren. Papieren, papieren.'

'Wij houden inderdaad van papieren,' zei ik en dacht aan mijn dossier, waarin stond dat ook privéles geen optie meer was. 'Maar jullie regering hield ook van papieren. En jullie gedichten staan op papier. Jullie mooie verhalen zijn via papieren de wereld over gereisd.' Ik dronk en hikte. 'Papier heeft vele kanten.'

Hij geeuwde. Inderdaad, inderdaad.

We dronken ons bier en keken naar de tv, die uit stond. We luisterden naar de stilte om ons heen. Toen veranderde er iets in de stilte. De haartjes in mijn nek begonnen te tintelen. Ik kreeg het warm in mijn hals. Je hebt stilte en stilte. Ik kon nog terug. Ik kon opstaan en naar huis. Maar ik zat vastgeplakt aan de stoel en de warmte. Ik voelde hoe Glasnost me observeerde. Maar wat zag hij en hoe wist ik of het klopte met wie ik was, of wilde zijn. Ongetwijfeld projecteerde hij zijn eenzaamheid op mij: zijn obsessies. Had ik ooit gedacht dat Erik mij werkelijk zag? Eindeloos had ik geposeerd voor zijn camera. Had hij mij door de lens gezien of had hij daarmee juist een beeld van mij gevormd. Een beeld dat een eigen leven ging leiden en dat na enige tijd los stond van wie ik was. Ik bestudeerde de reclameletters op het bierblikje. Mijn armen en benen gloeiden. Ik voelde dat Glasnost nog steeds naar me keek. Toen ik het niet meer uithield, stond ik op en zei: 'Ik ga, ik ga.'

'Goed, goed,' antwoordde hij. 'Kom nog eens langs. Het

was gezellig. En bedankt voor de mooie bloemen.' Hij lachte vals.

'Graag gedaan,' zei ik, 'jij ook bedankt. Het doet me goed met een normaal mens te praten.' Ik draaide me naar de gang.

Hij stond op van de bank en trok me naar zich toe.

'Jeetje,' zei ik.

Zijn gezicht was dichtbij. Zijn ademhaling was dichtbij. Zijn ogen waren erg dichtbij. Ze hadden een vreemde groene gloed met bruine stipjes. Hij trok me tegen zich aan en gaf me een zoen. Hij zoende me met zijn rechthoekige mond. Onze tanden stootten tegen elkaar en we zeiden pardon, pardon. Ik wilde weer weg maar ik viel met hem op de bank. Toen deed ik mijn ogen dicht.

***

Toen ik thuiskwam, trok ik snel de gordijnen bij het balkon dicht. Voortaan zou ik kiezen of ik gezien wilde worden - of niet. Ik kookte spaghetti en wachtte boven het borrelende water tot de kookwekker ging. Was Glasnost liefde, dacht ik en roerde tot de slierten zacht en dik werden.

Tussen Erik en mij was het geen liefde; het was een wachtkamer. Een wachtkamer die je volpropt met spullen, hobby's, activiteiten, en in zijn geval: veel foto's. Foto's waarop ik altijd dezelfde starende blik had. Wegkijkende vrouw. Vrouw in gedachten verzonken. Peinzende vrouw. Hoe leuk je de wachtkamer ook maakt, je ontkomt niet aan het wachten. Hoe meer je samen bent, hoe meer je gaat wachten. Wachten tot het mis gaat. Tot er een ramp gebeurt. Tot er een hypotheek komt. Een tweede auto. Een Max.

Marakech had een keer gezegd: 'Dat is doodsdrift. Net als

een valk.' In haar boekengroepje lazen ze toen net die Franse filosoof.

'Mensen verlangen elkaar dood,' zei ze beslist. Ze legde uit: ze hebben de onbedwingbare neiging elkaar de ware te noemen. Elkaar heilig te maken; hoe dichter twee geliefden elkaar naderen, hoe dichter ze bij het einde van hun verlangen zijn. Als ze klaar zijn met verlangen, zakken ze uitgeput op de bank en beginnen ze met wachten. En als ze ook nog trouwen, ging ze verder, dan was het huwelijk een kooi en het verlangen vloog door het raam naar buiten, op zoek naar een nieuwe heilige.

'Doodsdrift,' herhaalde ik.

'Eigenlijk gaat vanuit dat je incompleet bent. Dat jij de ander moet hebben om 'af' te zijn. Gaat uit van missen.' Ze kende het, die leegte. Bij haar was het de familie die een kooi van alles maakte. 'Een maagdenkooi,' zei ze. 'Ken je dat boek?' Ze wilde nooit meer in een kooi. Nooit meer in een wachtkamer. De nachtelijke uren met Bouchard noemde ze zoete dromen; ze verwachtte er niets van.

Was het een spel.

Nee, geen spel, had ze gezegd. Geen spel en geen dood. Een hemels tijdverdrijf dat alleen kon duren als je de tijdelijkheid bleef eren.

Wat doe je als je verliefd wordt, had ik gevraagd.

'Verliefd, verliefd,' lachte ze en trok een gekke bek. 'Josha, dan kun jij ook verliefd zijn op plant, op een fiets.' Allemaal projectie van de stuurloze ziel. Maar je kunt van niemand vragen om jou te gaan besturen.

De kookwekker rammelde op de koelkast en ik gaf er een dreun op. Wilde Glasnost mij aansturen?

***

Ik wilde verder met de lessen, ik mocht haar niet laten zitten, mijn geld raakte op, kortom, mijn voorstel was... Ik liep heen en weer in Marakech' woonkamer, frummelde aan mijn haar en zei: 'Ik kom solliciteren.'

'Dus jij bent illegaal hier.' Ze sloeg haar armen over elkaar.

'Hoe gaat het?' vroeg ik.

'Weet ik niet,' zei ze terwijl ze nerveus de ene na de andere sigaret opstak.

'Wat is er gebeurd?' vroeg ik.

'Alles.'

Alles. Dat moest het verklaren, nu zou ik het begrijpen. Alles. Ik dacht aan Luc en zijn hopeloze beroep; hoe hij op basis van rafelige antwoorden mensen moest analyseren. Iemand doorgronden. 'Ik mis de lessen,' zei ik.

Ze lachte kort. 'Ik ook.'

'Mooi.'

Er zaten zwarte kringen rond haar ogen.

'Ik bedoel, ik begrijp je, Marakech.'

'Je begrijpt niets, Josha.'

'Zeg dan verdorie eens iets,' schreeuwde ik.

Ze schreeuwde terug dat de telefoonlijn een hulpverleenster van haar had gemaakt. Dat ze ervan in de war raakte.

Oké, dacht ik, dus het was mijn schuld, zoals altijd: het lag aan mij.

Ze legde een hand op mijn knie en zei: 'Maar ligt niet aan jou. Denk dat niet.'

Ik wapperde met mijn handen de rook weg. 'Dat dacht ik helemaal niet.'

Ze leunde achterover op haar stoel en somde op: 'Bouchard wil dat ik met gemeente praat, met die wethouder. Mijn achterneef, is een zoon van de zus van een tante van mijn oom

Ali, nou goed, hij wil hier wonen, bij mij. En jij. Jij wilt dat ik pas op jouw zoontje. En – '

'Wacht even, wacht even.' Ik dacht aan Glasnost. 'Wat zeg je nu eigenlijk.'

Ze zuchtte overdreven diep. 'Wat ik zeg: om te leven zoals ik wil, moet ik stilte. Een plekje. Maar. Hoe meer ik leef zoals ik wil... hoe meer mensen er komen, hoe minder stilte voor mij overblijft. Telkens moet ik ze weer wegduwen.'

Ik voelde mijn maag; te veel koffie, te weinig slaap.

'Waar ik vandaan kom, je weet dat. Ik vecht altijd met de dienstbaarheid. Eigenlijk, ik besta alleen als ik andere mensen geef. Mezelf. Maar niemand geeft mij dat terug. Mijn geliefde terug. Mijn kind.'

Ik dacht aan de bloemenbezorger. Al die verloren kinderen, die als schaduwen achter ons aan holden, die ons in de slaap achtervolgden en aan ons geweten knaagden. Konden we kinderen maar ruilen. Jij er een van mij, ik die van jou, neem de mijne een tijdje op proef, probeer deze eens. Waarom genoten mensen zo wanhopig van het zorgen voor een kind? Waarom namen ze niet gewoon een leuke hobby, zoals Bouchard.

Marakech keek me droevig aan. 'Ik moet me soms opsluiten, Josha.'

'Je gaat weer in chador.'

Ze schoot in de lach, een nerveuze, hoge, gierende lach en toen sloeg ze met haar hand op mijn been. 'Dat is klaar. Maar hoe dan wel: ik moet denken.'

'Wat zit je dwars. Vertel over Bouchard. En je neef.'

Ze stampte haar peuk tussen de andere peukjes uit. Een uitpuilende asbak. Draden en snoeren lagen bezaaid over de tafel. Paperassen, kranten. 'Bouchard en ik. We werken aan het straatfeest. Wij houden van deze straat. Maar,' en ze dacht na, 'weet je, hij houdt soms een beetje te veel van alles. Alles moet. Het moet nu, het moet meteen, en helemaal. Ik ben bang voor.'

'Ik ook.'

Ze ging verder. 'En mijn neef. Hij vecht.'

'Valt hij je lastig. Moet je hier weg?'

'Eerst was ik bang,' zei ze zacht. 'Ik dacht dat ook. Ik dacht: nu heb ik zoveel gedaan om weg te komen. Het is gelukt. Ik ben vrij. Maar je bent nooit vrij. Vroeg of laat komt je familie terug. Soms op straat. Soms in je hoofd.'

'Hij was bij Het Honk,' zei ik. 'Toen je je zegje deed.'

'Mijn zegje.' Ze maakte een spottend gebaar. 'Wat ik zeg, maakt hem blij.'

Ik begreep er niets meer van. Ze sprak nog zachter, ik moest me voorover buigen om haar te kunnen verstaan. 'Mijn neef vecht voor zichzelf, net als ik.' Op fluistertoon: 'Wat ik deed met mijn vriendje was slecht. Maar wat hij doet, dat is pas echt een probleem. Hij moet weg, net als ik. Maar. Als ze hebben gezien dat hij hier bij mij was, gaan ze me lastigvallen. Ik weet hoe dat gaat. Wat nu.' De neef klampte zich aan haar vast. Iedereen klampt zich aan iemand vast, dacht ik. We verpletteren elkaar in wanhoop en gehunker. De neef van Marakech zag haar ook als redder.

'Redder,' lachte ze, 'eerst was ik baken, toen nachtengel en nu ook nog redder.'

'Iedereen wil iets van jou,' zei ik en ik schaamde me. Iedereen maakte haar onmisbaar.

Ze begon haar lange haar weer in staarten te draaien. 'Ja. Ze maken mij medeplichtig. Moeilijk woord, Josha. Ze halen mij in hun probleem. Ik neem het probleem mee. Dan gaan zij naar huis en ik wil alles in orde maken. Ik word gek van.' Haar ogen stonden boos. 'Jij ook, Josha. Jij bent zijn moeder.

Niet ik.'

Ik stond op en beende op en neer door de kamer. 'Hou op. Ik weet het nu wel.'

'Maar ik ben niet nodig, Josha,' zei ze en wees naar de familiefoto's op de schouw. 'Niemand zo overbodig als ik.'

De familie. Misschien speelde ze de hoofdrol sinds haar verdwijning. Iedereen praatte over haar. Zij had de familie verraden. 'Jij bent de schuld van hun lijden. Je krijgt een hoop aandacht door overbodig te zijn.'

Ze verborg haar gezicht. Oh nee, ze begon weer te janken, wat kon die makkelijk huilen. Ik zei toch ook maar wat. Ik liep naar haar toe en wilde een arm om haar heen slaan maar ze weerde me af. Ze wilde nodig zijn maar zelf niemand nodig hebben.

***

Zonder werk ben je minder dan een mier. Met een baan kun je tenminste nog doen alsof je nuttig bent. Marcheren. We marcheren over smalle paadjes heen en weer, dag-in-dag-uit. Iedereen heeft een route. We keren altijd terug bij onze zandberg en we zijn nooit klaar. Maar waarmee in godsnaam en wat verplaatsen we toch.

'Vind je ook niet?' vroeg ik door de hoorn aan Doris. Doris begreep niet waar ik het over had. Zij geloofde in haar baan-in-nutteloosheid; als buurtwerker sleepte ze met projecten van hot naar her en het leverde geen zak op. Maar zij deed tenminste projecten.

'Bel ik gelegen,' informeerde ze.

'Zeg eens eerlijk: lijk ik op een mier?' Ik liep met het toestel naar de spiegel en woelde door mijn haar. De henna begon uit te groeien.

'Josha, ik vind je merkwaardig. Maar beslist geen mier.'

'Nee?'

'Eerder een opgejaagde panter. Een panter in een te klein hok.'

Ik bestudeerde mijn neus. Snorharen? Panterogen? Ik kneep ze tot spleetjes en siste.

Doris kuchte. 'Hoe gaat het?'

'Beter dan ooit. Ik heb een tijdje vakantie.'

Vreemd, vond ze. Want Marakech had verteld dat ze zonder docent zat. Ze weigerde de vervanger die de Centrale had gestuurd. Ik maakte een juichgebaar naar mijn spiegelbeeld, dat keihard teruggrijnsde.

Enfin, dus Doris belde om te kijken of ik zin had in een klusje. Ze had overleg gehad met de commissie van de gemeente en –

'Doris, laten we ergens afspreken.'

***

We troffen elkaar in de hal van Het Honk en slenterden door de straatjes naar Midlife. Iedereen kende Doris. Ze groette bewoners, straatvegers, maakte een praatje met de jongens van de plantsoenendienst en stak haar hoofd naar binnen bij Cor van de antiekzaak. Door de etalage zag ik een ruimte vol barokke kandelaars, doorgezakte rookstoelen, jezusbeelden, Mariaprenten, halfvergane computers, goudkleurige kroonluchters, rammelende kasten, spiraalmatrassen, dozen vol boeken.

'Ik heb mijn hele huis ingericht met spullen van Cor,' legde ze uit.

'Leuk.'

We staken de Binnenweg over en liepen het terras van Midlife op; mensen zaten als plukken katoen bij elkaar. Plukken collega's, plukken kunstenaars, studenten. We gingen naar binnen, schoven aan een wiebeltafel en bestelden broodjes.

'Jij bent de laatste tijd vaak in de straat,' zei ze.

Ik haalde mijn schouders op. 'Gewoon. Werk.'

'Is Bouchard ook werk,' zei ze. Ze kluifde gretig van haar broodje brie. Sprieten bieslook staken als snorharen uit het beleg. Tomatenvocht sijpelde langs haar kin.

Bij veel mensen is het: zien eten doet eten. Maar ik eet het liefst alleen, ik hoef dat gekwijl niet te zien. Ik dacht aan Glasnost; zag hij me eten, staande bij het aanrecht? Wilde ik hem zien eten? Wilde ik hem weer zien? Ik frunnikte aan mijn tosti en luisterde naar Doris, die zelf geen last had van haar sprekende overvolle mond.

'Bouchard lijkt zo vrolijk,' stelde ze. 'Dat verbaast me.' Terloops vroeg ze of ik iets wist van de aanvraag voor een hei-vergunning.

Een heivergunning?

Ze nam me peinzend op en ik kreeg een erg heet gezicht.

Toen hakte ze met haar mes in het broodje. 'Er klopt iets niet met die tuin van Bouchard. Wat doet hij daar?'

Om ons heen kwebbelden de mensen. 'Gewoon. Iets bouwen,' zei ik.

Ze knabbelde een takje bieslook weg. 'Schei uit. Er past amper een vuilnisbak op dat plaatsje.'

Ik voelde me zo moe. Wat konden mij de gekken van de Rozenstraat nog schelen. 'Misschien wil hij zijn moeder her-begraven.'

'Zijn moeder,' zei Doris. 'Hoe weet je dat? Dat mens is heilig.'

Nou en, dacht ik, dat mens was al jaren dood. Doris vertel-de dat ze maman ooit had ontmoet, jaren geleden. Bouchard had de vrouw rondgesleept van tehuis naar tehuis. Hij diende aanklachten in tegen zorgcommissies, ouderraden, raden van bestuur. Hij vocht in het ziekenhuis met een broeder die de medicatie niet wilde verhogen. Volgens Bouchard leed moesje ondraaglijk.

Mijn tosti telde vier kerven, van het tostiapparaat. Ze waren erin gebrand als tatoeages. 'En toen?' vroeg ik. Ik dacht aan de sprookjes die de vrouw de kleine Bouchard had verteld. In gedachten zag ik zijn kitschbloemen en ik vroeg me af of maman daaronder rustte in vrede. Wie weet kweekte Bouchard paddestoelen uit de aarde van zijn moeder.

Opeens was maman weg, vertelde Doris. Bouchard ging haar naar huis brengen, naar Frankrijk. Toen was hij wekenlang weg. Bij zijn terugkeer, bleker en verwaarloosder dan ooit, isoleerde hij zich nog meer van de straat en de buurt. Ze glimlachte: 'En nu lijkt hij te veranderen. Knap gedaan, Josha, heel knap.'

Ik begreep het niet. Als maman in een dorpje in de Provence lag, waarom was Bouchard dan naar Nederland teruggekomen. Als maman zo heilig was, wat deed hij hier dan nog.

Doris staarde me diep aan. 'Zo knap.'

Zeg, ik had niks gedaan, wat overdreef ze nou. 'Knap, knap,' zei ik. 'Marakech. Die is knap.' Ik gaf gewoon een beetje Nederlandse les, en zelfs dat niet meer.

'Jij hebt iets,' zei Doris. 'Iets, tja, hoe zal ik het zeggen. Iets heel natuurlijks.'

Iets natuurlijks. Ik pulkte aan de korstjes van mijn tosti met vier inkepingen. Ik hoopte dat ze nu even haar mond hield, dan kon ik me op mijn tosti concentreren. Hem opeten.

Ze propte weer een hap in haar mond en praatte verder. 'Dat is een talent, Josha. Jij brengt mensen bij elkaar.'

Het zweet brak me uit. Nu niet gaan huilen, kalm blijven, alsjeblieft. Ze zag het verkeerd, helemaal verkeerd; als er iemand mensen uit elkaar dreef, was ik het. Waarom maakte iedereen telkens een ander van me? Wanneer zagen ze nou eens wat een monster ik was?

'Je bent een van de weinigen die bij Bouchard over de vloer komt,' smakte ze. 'Zelfs ik kom daar zelden. En ik zou er toch alle reden voor hebben, als buurtwerkster van de wijk. Van die straat. Mijn straat. Die bewoners zijn mijn zorg, begrijp je. Mijn con-stan-te zorg.'

Ik boog mijn hoofd en zei zacht: 'Het spijt me, ik wil je werk niet in gevaar brengen.'

Ze barstte in lachen uit. 'Meid, welnee! Jij bent zo waardevol. Voor Marakech, voor Bouchard. Ze hebben het over je. De hele tijd.' Ze zuchtte. 'Daarom dacht ik, we doen het als volgt. Jij helpt ons met het straatfeest. Ik heb het stikdruk, mijn agenda loopt gewoon over van de vergaderingen en meetings. Ik zit dadelijk weer op het stadhuis, bij de wethouder. Dus. We doen het als volgt.' Ze viel bijna in haar bord. 'Jij mag ons een handje helpen.'

Ik stak een sigaret op en blies de rook in haar gezicht.

Ze was onvermoeibaar. Dit was het plan. Het buurthuis faciliteerde, zij monitorde op de achtergrond, uiteraard. En ik, ik mocht Bouchard en Marakech bijstaan. 'Zodat het een beetje binnen het budget blijft,' besloot ze. En ze veegde met het hagelwitte servet tomatensap van haar kin.

Binnen het budget. Goed. Ze wilde dus dat ik een vergadering belegde. Dat ik het plan in een begroting goot. Begreep ik het nu goed: er werd een actie tégen de gemeente bedacht die via de subsidiepotjes van Het Honk eigenlijk gewoon door diezelfde gemeente gefinancierd werd?

Doris schaterde weer. 'Helemaal juist. Zo werkt het.'

Ik begon te worstelen met mijn tosti. Slierten gesmolten kaas werden weer korsten.

'Dit kun jij echt. Dit moet jij doen,' besliste ze.

Ik maakte een snor van mijn karnemelk. Als Reinout hoorde dat ik alsnog in de Rozenstraat rondbanjerde, met Marakech vergaderde... ik kon mijn werk bij de Centrale wel vergeten. 'Tja,' begon ik.

'Super,' riep ze en trok als een revolver haar agenda te-voorschijn.

Terwijl ze door de weken bladerde, nam ik snel een hap. De tosti was koud en van karton.

Ze prikte een zaterdag. Eind juni, dat was geschikt. Geen andere festivals in de buurt, anders kwam er geen hond. Ik pakte mijn agenda en zette een groot kruis door zaterdag 30 juni.

'Volgende week eerste overleg,' zei ze en gaf een klap op het tafeltje. Toen legde ze tien euro neer, stond op en ging ervandoor.

Ik staarde naar het kruis op 30 juni, kauwde de tosti weg, veegde mijn karnemelkmond schoon aan mijn shirt en ging naar huis.

***

Ik veegde mijn mond schoon en legde mijn hoofd op het dij-been van Glasnost. 'Geil,' zei ik. Er sijpelde nog wat sperma langs zijn erectie.

Glasnost tilde zijn hoofd op en keek verbouwereerd om-laag; ik lag als een oester tussen zijn lendenen. 'Dit vind jij geil,' herhaalde hij.

'Ontzettend.' Ik drukte kleine kusjes op zijn ballen en blies mijn adem langs zijn navel.

Hij viel terug in het kussen. 'Jezus,' zei hij. 'Ik heb nog nooit zulke vrouw gehad.' Meestal vonden ze hem vies. Ranzig, eng, onsmakelijk.

'Ik heb een orale fixatie in combinatie met penisnijd,' zei ik. 'Vandaar.'

Glasnost keek angstig naar zijn geslacht en bedekte het met zijn handen: 'Penisnijd?'

Ik kroop van hem af en knikte. Dat hij met zulk speelgoed tussen zijn benen liep. Zo'n zacht bungelend ding dat je recht kunt leggen. Of scheef. En die zak, die warme kiwi's die de ene dag slap hingen en dan weer op springen stonden.

Hij greep zijn T-shirt, wreef wat sperma weg en propte snel het shirt over zijn lul. 'Goh.'

Ik pakte mijn shag van het nachtkastje. 'Niets heerlijker dan tegen je aan te liggen en dat ding tussen mijn dijen te voelen glijden. Geen wonder dat sommige mannen hem een naam geven; ze zijn zo verschillend. Hoe de jouwe steigert, en van een slurfje verandert in een kanteel. Hoe die eikel uit het vel plopt en glanzend-paars wordt. Hoe het voorvocht eruit druppelt als hars uit een kurkeik.' Ik draaide een sigaret en zoog de rook diep naar binnen. 'Zalig.'

Glasnost stak ook een sigaret op, inhaleerde en begon te hoesten. Zijn gezicht liep rood aan. 'Beter dat ik stop.'

'Ik ook,' zei ik. De rook kringelde boven het dekbed. 'Kijk, eerst streel en kus ik die kiwi's zachtjes. En dan kruipen mijn lippen omhoog langs je schacht, tot bij het topje. Je eikel past precies tussen mijn lippen en sputtert soms tegen, terwijl hij – evolutionair gezien – toch maar één kant op wil. Ik kan hem aflikken als roomijs, mijn tong langs het randje laten gaan, er voorzichtig in happen. En dan glijdt hij over mijn tong, dieper mijn mond in.'

Hij kuchte. 'Moet echt stoppen,' mompelde hij en doofde

de sigaret.

'En dan zuig ik, van zacht naar harder, van traag naar snel.'

Glasnost ging rechtop in de kussens zitten en staarde me wezenloos aan. Zijn lid lag erbij als een verschrompelde naaktslak.

Ik inhaleerde de rook en volgde de kringeltjes tot het plafond. 'Zuigen, tot je smeekt om genade.' Ik drukte een zoen op zijn borst. 'Zuigen is namelijk belangrijk. Dat zegt Luc.' Ik stampte de gloeiende askegel van mijn peuk in de asbak en sprong uit bed. 'Het is niks ergs, hoor. Ik had het als kind al.'

Hij geeuwde en streek de piekharen uit zijn gezicht. 'Kunnen we hier morgen verder over praten. Het is interessant, maar...'

Ik liep naar de wc en hield de deur ver open, zodat hij me kon verstaan. 'Ik had een invalmeester in groep 3,' riep ik. 'Hij las ons voor, wijdbeens op een kinderstoeltje. Ik heb niets van het verhaal gehoord. Ik had alleen oog voor die spijkerbroeken-prop in zijn kruis. De strakgespannen bult. Gek hè. Maar er is meer, Glasnost. Ik probeerde te plassen als een jongen: stond boven de wc en morste alles ernaast. Woedend was ik: waarom zij wel en ik niet.' Ik plaste en veegde af. 'Maar er is meer,' riep ik. 'Als kind dwaalde ik over de kermis. Op een dag zag ik hoe werklui een achtbaan opbouwden. Een van de mannen wenkte me, haalde zijn lul uit zijn broek en begon zich af te trekken. Hij grijnsde. En ik lachte terug; ik vond het mooi.'

Ik spoelde de wc door, liep de slaapkamer in en kroop in het donker tegen Glasnost's rug aan. 'Maar er is meer,' mompelde ik. 'Ik zag als kind hoe mijn moeder mijn vader pijpte. Ze walgde ervan, ze heeft iets met vlekken. Ik dacht: trut, je kan ook niks, laat mij maar.' Mijn vingers streken over Glasnost's sproetenrug en ik luisterde naar zijn gesnurk. 'Ik kan het beter,' fluisterde ik. 'Ja, toch? Schat?'

***

Marakech zat naast Bouchard, die tegen haar afstak als een reus. Kreeg ze te veel of juist te weinig aandacht? De thermoskannen koffie gingen rond. Ik stootte haar aan en schonk in. 'Alles goed?'

'Alleen suiker graag,' antwoordde ze met een vernietigende blik.

Ik schoof de suikerzakjes naar haar toe. 'Nog nieuws?' fluisterde ik.

'Niks dat je zult missen,' zei ze en gooide drie zakjes in haar koffie.

Bouchard legde zijn hand op haar rug en ik zag hoe ze verschoof, maar de hand bleef liggen. Toen boog ze zich naar hem toe en mompelde iets.

Theo met de Baard was er, en Doris, en Peet, die nerveus op een pen kauwde. We namen de plannen door. Verschrikkelijk. Waar had ik mijn hulp aan toegezegd; het regelen van één springkussen voor kinderen leek al een onmogelijke missie. Een oerwoud van telefoonnummers, opblaasmachines, veiligheidsinstructies – en dit was pas het begin. We moesten kraampjes regelen, afspraken met de Commissie Wonen van Grotenbroek, afspraken met Grotenbroek zelf, een vergunning om eten en drinken te serveren, een muziekinstallatie die paste binnen het straatbereik, mijn god, alles moest geregeld worden, van plastic bordjes tot dozen vol snoep, coctailprikkers, ijsklontjes, vrijwilligers voor de bediening, vrijwilligers voor de troep, vrijwilligers voor de nazorg, contactpersonen voor de flyers, bezorgers voor de flyers. Het duizelde me.

'Wanneer ga jij naar dat spreekuur van Grotenbroek?' vroeg Bouchard toen aan Marakech.

Ze keek glimlachend de vergadertafel rond.

'Wanneer ga je? Hij moet jou kennen. Jouw verhaal. Is belangrijk voor die straat.'

Drambak, dacht ik.

Marakech kuchte. 'Het gaat niet om mij.'

'Jawel. Jouw verhaal kan de bouwplannen – '

Ze zei 'Stil maar, ik zal gaan,' en begon op haar aantekeningen te krassen.

Ik schaamde me voor Bouchard. En voor Theo met de Baard. Voor Doris. Voor mezelf. We wilden allemaal scoren. We gebruikten Marakech, we schoven haar als een pion heen en weer. Misschien was ze inderdaad beter af in de nacht, onder een chador, achter de dichte gordijnen, in het verhaal van haar keuze.

***

Bouchard zette de theekan met een dreun op tafel. Hij kloste door de kamer en fluisterde tegen zijn muizen. Hij trok zijn bretels strak en ging toen op een stoel bij de bank zitten. 'Wat is er aan de hand?'

'Ik dacht, ik kom even kijken hoe het gaat.'

'Gesmeerd.' Hij slurpte van zijn thee. 'En verder?'

'Verder,' mompelde ik, 'wil ik je hartelijk bedanken.'

'Bedanken?' Zijn gezicht kleurde.

'Dankzij jou zit ik zonder contract,' zei ik.

Hij slurpte weer thee en liet een boer.

'En dit contract...' ging ik verder.

Hij fronste en haalde zijn schouders op. 'Bon. Contracten. Niks heb je eraan. Contracten vermorzelen de vrije wil.'

'Hou je kop,' zei ik, 'dit contract was het laatste dat ik had.'

'Bon. Een laatste kans.' Hij geeuwde, en schonk opnieuw in. Hij draaide aan de kachel, het was koud, n'est-ce pas? De ochtenden waren verraderlijk fris. Hij lulde er weer overheen. De vlammetjes laaiden blauwig op en er klonk een monotoon gesnor door de ruimte. Vocht druppelde van zijn zwart afgeplakte ramen. Hier en daar zat een piepklein gaatje in het zwart, en daardoor zag je verrassend veel van de straat. Maar Bouchard teerde op andere zintuigen, want hij keek amper door de gaatjes. Nu en dan verdween hij naar de voordeur of hield zijn hoofd schuin, zijn vinger in de lucht en riep tiens of voilà. Blijkbaar gebeurde er iets belangrijks. Soms maakte hij aantekeningen in een kasboek dat hij achter de kussens van de bank bewaarde.

'Bouchard,' zei ik. 'Nu, hier. Zit en af.'

Hij gehoorzaamde.

Hij was militair, hij had moeten zwijgen. Zijn kop houden. Alles liep in de soep omdat hij zijn kop niet hield.

'Wil je soep, ik heb soep.'

'Hou op met die onzin. Je gebruikt Marakech. Je laat haar het vuile werk opknappen. Je stookt mensen tegen elkaar op. En wat flik je met die zwammen, wie wil je vergiftigen met je knolamaniet. Zeg op.' Ik had het bloedheet.

'U weet het goed, heel goed,' schreeuwde hij, 'u komt hier een paar maanden werken, de docent spelen. Zeg eens, is Marakech soms van u?'

'Marakech is van niemand. Ik heb je haar geheimen toevertrouwd. Om haar te helpen. En het eerste wat je doet is de Centrale bellen.'

'Om háár te helpen?' vroeg hij. 'Waar bent u bang voor.'

'Nergens voor. Ik heb namelijk niks meer. Te verliezen.'

'Fijn voor u. Fijn dat alles op orde is in uw kakbuurt. Maar wij proberen hier te leven.'

'Waar heb je het over,' riep ik.

'Over dit: ik hou van haar,' schreeuwde hij.

'Ik ook,' gilde ik en smeet mijn glas thee door de kamer. Hij dook opzij. 'Dat kan niet. Ze is bezet.'

'Idioot. Hoor toch wat je zegt.'

Opeens stond hij op en ik dacht dat ik een dreun zou krijgen. Maar hij legde zijn wijsvinger tegen zijn mond. Buiten klonk gerinkel van glas. 'Merde!' Hij snelde naar buiten, ik rende er achteraan. Het stoepje bij Marakech lag vol scherven. Uit de sponningen van het raam staken puntige pegels, in de gordijnen hingen splinters, de plastic planten waren omgevallen en de wind blies naar binnen. Bouchard belde aan, riep van alles in het Frans.

Marakech stond in shock in de woonkamer. Bouchard duwde haar naar achteren, naar de slaapbank, waar hij haar dwong te gaan zitten. Hij sloeg dekens om haar heen en wreef haar warm, bezwerende woordjes mompelend. Daarna bekeek hij de ravage. Vloekend begon hij te ruimen. De woningcorporatie, de wethouder, zelfs Doris vervloekte hij. Intussen zocht ik in het keukentje naar stoffer en blik, naar kranten om het glas in te verpakken. Marakech zat op het bed voor zich uit te staren.

Bouchard ging weg, zei dat het zo gepiept was.

'Wat gaat hij doen?' vroeg Marakech aan mij.

'Hardboard halen, de boel dichtspijkeren,' vermoedde ik.

'Ik wil niet in een bunker.'

Ik ging naast haar zitten. 'Je gaat niet in een bunker. Wat gebeurt er toch?'

'Ik wil niet in het donker,' zei ze.

'Je gaat niet in het donker.' Ik haalde mijn mobiel uit mijn tas. 'Dit is niet normaal. Ik bel de politie.'

Ze griste de telefoon uit mijn handen. 'Nee. Niemand kan het helpen, Josha. Niet bellen.' Ze begon te klappertanden. Ik zei dat Bouchard snel terug zou zijn.

'Geen politie, nee, alsjeblieft,' zei ze.

'Kun je dan niet beter even bij Bouchard...'

Ze zat doodstil en staarde voor zich uit.

'Is dat niet beter, Marakech?'

Ze begon te roken. Overal zaten de rookplekken en brand-gaatjes, op het matras, het tapijt, de tafel en de dekens. Merktekens van slapeloosheid.

'Ik zie wel. Als zij maar niet terugkomen.'

Wie waren zij? dacht ik. En waarom wil ze niet echt wat ze wil? Ze zei dingen, wilde leren vliegen, maar uiteindelijk het liefst gewoon zijn. Eerst wilde ze mensen aan de Rozenlijn helpen. De religieuze gekte van haar familie wilde ze kwijt. Haar probleemneef met zijn geaardheid helpen. Een vrijage aan de telefoon met Bouchard. Ze wilde zoveel wat ze eigenlijk niet wilde.

***

Er stond een enorme bos lelies voor de deur en die zei: 'Laten we verder praten.' Glasnost bezorgde nu zelf. Hij duwde de bloemen in mijn gezicht. 'Voor een mooie vrouw.'

Ik begon te stotteren. 'Waarover wil je verder praten, ik zit te studeren, voor het feest. Accordeon.'

Hij duwde me de gang in. 'Over jou praten. Je ding, je ding.'

'Mijn ding?'

'Je penisnijdigheid, eh...'

Ik pakte de lelies aan, struikelde over de traptreden met

het boeket tegen mijn schoot. 'Mijn wat?'

Hij volgde me de kamer in, trok me tegen zich aan. 'Josha, ik word gek van jou, ik denk, hele dag.' Hij zoende me en zei schat, schat. Als iemand iets over je wil denken, is het moeilijk om er tegenin te gaan. Mensen willen graag van iemand houden, dat maakt de dagen hoopvol. En Glasnost kreeg hoop in mij.

Ik hees de Soprani weer over mijn schouders en speelde verder; Glasnost ging zitten, keek en luisterde. Dat was alles. Hij dronk een biertje en knikte goedkeurend. Ik negeerde hem en oefende mijn smartlappen. Na een tijdje stond hij op en begon de lelies in een vaas te schikken. Misschien kon hij beter bloemist worden. 'Zie je die bezorger nog weleens?' vroeg ik.

Maar Glasnost kende hem niet.

'Stuur me nog een keer bloemen via de winkel. Dan komt die bezorger hier weer. Ik wil hem vragen voor het feest,' zei ik. 'En jij moet ook komen.'

'Natuurlijk. Een feest, een feest.' Zijn rechthoekige grijns werd heel breed.

'Het is iets van mijn werk. Althans, het werk dat ik niet meer doe.'

'Ik ken dat gevoel,' zei Glasnost.

'Het is een feest voor de sociale cohesie.'

Hij kende die woorden niet, maar vond ze mooi.

Inderdaad, mooie woorden; iets met vernieuwing.

'De vernieuwing, de vernieuwing,' zei Glasnost. Zijn land was in dat opzicht verrukkelijk eenvoudig. Er werd namelijk zelden iets vernieuwd, behalve ministersposten en wapenvoorraden. Als er een duikboot zonk, bleef die gewoon op de zeebodem liggen, met de mensen erin.

'Kom je op het feest?'

Als ik dat wilde, kwam hij op het feest. Niet voor de hapjes of de toespraak van Grotenbroek maar alleen voor mij. Applaus, zei hij, zal jou goed doen. Je hebt applaus nodig.

Ik voelde belletjes in mijn hoofd. Iedereen moest komen, al die mieren. Mevrouw S. moest komen. En Luc, die al maanden mijn bodemloze gezwets aanhoorde. En de toetsenist, jezus, die ook, ja, die ook, en de hypnotherapeute, en Hilde en Reinout, zelfs Reinout. In mijn hoofd brak een herrie los van pratende, joelende mensen. We zouden samen zijn, allemaal samen, helemaal gelukkig, iedereen bij elkaar.

Op dat moment belde Erik.

'Ik heb het idee dat er meer rust is,' zei hij.

Rust. Mijn hoofd brak zowat in tweeën van het lawaai, maar inderdaad, er was meer rust. Ik mailde of belde niet meer. Ik had het niet meer over de TOOM. Glasnost zette de lelies op een tafeltje en begon met grote precisie de tafel te dekken. Twee bordjes – ik wist niet eens dat ik ze had – en twee messen en vorken. Twee eierdopjes, twee servetjes. De tafel werd steeds feestelijker. Hij kookte eitjes en sneed kaas. Voor Glasnost was ik een beetje hoop. Ik had de hoop opgegeven. Er viel niets meer te verliezen.

'Daarom,' zei Erik, 'lijkt het me goed voor Max als hij een weekend bij jou komt.'

Een heel weekend?! Tel tot tien, tel tot tien. Ik dacht aan de tips. Gemoedstoestand bleef een moeilijk begrip. Stuur de wereld een fonteintje van vuurpijlen, Josha, maak iets moois van je springstof. 'Goh, een weekend,' bracht ik uit.

Erik vond dat ik, zoals gewoonlijk, niet enthousiast klonk. Hij had zich zeker vergist in die rust. Nou ja, dan moesten we het maar vergeten, dan zou hij... Maar aan de andere kant: hij zat met een probleem; hij ging een weekend met Hilde naar Parijs.

Ik boog me over het afwaswater in de spoelbak en wilde de telefoon in het sop gooien. Zijn woorden zouden gesmoord worden in Dubro Extra Hygiënisch. Bij elke opmerking van hem zouden er kleurige zeepbellen uit het water opstijgen.

'Kun je volgende week?' vroeg hij.

Ik trok de stop uit de spoelbak en liet het afwaswater gorgelend weglopen. Eriks woorden zouden in de goot eindigen. 'Ja, het kan,' zei ik. 'Het kan altijd, Max mag altijd komen.'

'We zullen zien,' zei Erik. 'Misschien wordt dit weekendje de ommekeer. Voor Max welteverstaan.'

Ik hing op en Glasnost vroeg of ik honger had. 'Je moet eten, eten.'

'Mijn zoon komt, komt.' Ik keek in mijn agenda, naar het kruis door de dag van het straatfeest. Ik dacht, Max kan ook mee, met al die anderen, mee naar het feest.

10. Het vertrek

Die Sonne scheint, der Himmel ist blau. Da kommt ein Familie um die Ecke... Dat was het eerste lesje Duits op de middelbare school en niets kreeg het weggevaagd. Ik liep met Max de Rozenstraat in. De zon scheen, de lucht was blauw. En ze kwamen.

De bloemenbezorger met dozen vol rozen, mevrouw S. met haar kapsel van verwaaide rode pluimen. Luc. Glasnost. En Reinout van de Centrale. Doris liep onrustig rond en Theo met de Baard worstelde met kilometers verlengsnoer. Peet van de cursussen bekeek op het prikbord in het kantoor de planning van de optredens. Iedereen was er en het steeg naar mijn hoofd als champagne. Mijn hoofd zat vol en ik had er de zenuwen van, zoals je op je verjaardag geen tijd hebt voor de gasten, maar het liefst je bed in kruipt. Snel nam ik Max mee naar het huis van Bouchard, waar niemand ons groette. Marakech liep in en uit met etenswaren, Bouchard stond achter zijn fornuis te vloeken met een pollepel achter zijn oor.

Max en ik gingen de woonkamer in, waar ik wilde gaan zitten. Max rende naar de muizen en ik bewonderde de quiches van Bouchard, die op een tafel klaarstonden. Ik moest zitten maar begon te dansen langs de taarten. Zoveel taarten, jezus, wat kon die man bakken. Eentje was gedecoreerd als een medaille, versierd met een gouden lint. Een medaille voor de wethouder. Ik haalde het lint eraf en danste ermee langs het muizentheater. Ik was zo licht, zo licht als een lint. Pirouette! Ik botste tegen de vitrinekast. 'Oh, hallo, kast.' Grappig. 'Eh, shit, pardon.' Nu lagen de gedroogde boleten en elfenbankjes door elkaar. 'Excusez-moi.' Ik glipte met mijn handen de kast in en probeerde zoveel mogelijk recht te leggen. 'Wat een smerige hobby heb je toch, vieze Bouch.' Hopla, ook het kistje ging omver. Ik hield het zakje amanieten omhoog en strooide het als confetti rond. Vanuit mijn ooghoeken zag ik hoe Max probeerde te proeven van de medaille-taart. 'Niet!' riep ik en wapperde met het zakje. Maak er een spelletje van en alles wordt leuk. Ik wenkte Max met het lint. 'Kijk, kom dan.' Mijn andere hand gleed door de kast, langs de paddestoelen. De vloer en de muren weken, ik was weer in de rechtszitting; toen sloten de hoge muren van de rechtbank me in. 'Uw ex gaat een tijdje voor uw kind zorgen, u bent te labiel, mevrouw Lieven. Het is goed dat u de TOOM hebt getekend.'

Max trok aan het lint, trok me omver, hij was zo sterk, sterk als een man, Max was sterker dan ik, waar was de vloer, waarom zijn de muren zo dichtbij, stop hiermee, stop!

'Stop!'

Geschrokken liet Max het lint los. Ik haalde mijn hand uit de kast, het kistje vloog mee, alles viel omver en door elkaar. Oh god, nee, niet nu! Mijn hoofd deed zo'n pijn, waarom toch, waarom hielpen ze niet even, waar was iedereen, ze zouden helpen, we zouden samen zijn, vandaag. De gedroogde bonken rolden als pinda's over de vloer.

Max zei: 'Honger.'

'Wat, schatje,' vroeg ik.

'Eten,' zei hij.

'Kijk,' zei ik. 'Hier is eten.' Ik liet het lint als een regenboog door de lucht zweven tot het als een vraagteken tussen de pinda's op de grond lag. Ja, eten, natuurlijk wilde hij eten. Ik liep naar de tafel met taarten en schaaltjes en bakjes. In mijn hoofd ontploften belletjes. Zo verrukkelijk, zo zoet, zo grandioos. Max hier, bij mij, Max, wij allebei, een zonnige dag, een goede bui. 'Eten,' hoorde ik in de verte. 'Eten.' Mijn armen en benen tintelden. Was dit het regenbuitje van sterren waar Luc over sprak? Alles komt goed.

***

Alles tintelde en straalde. Alles liep op rolletjes. Wekenlang bereid je iets voor en je denkt: het wordt een ramp. En hoe zal het gaan met Max, als hij maar niet driftig wordt, als ik maar niet. De zenuwen gleden weg en ik liep tussen stalletjes en kraampjes en dacht: zie je wel, het komt goed. Ook met mij komt het goed. Natuurlijk, waarom zou het niet goed komen; je deed je best, je kreeg Marakech uit haar huis, je kreeg haar aan de praat, je kreeg Bouchard aan de praat en zo griezelig was hij ook niet. En de Centrale... vandaag ziet Reinout hoe je je inzet, hoe geliefd je bent, hoe geweldig als docent... en overmorgen, na het weekend, belt hij je voor de volgende klus. Vraagt hij of je Marakech weer wilt begeleiden, zodat ze alsnog staatsexamen kan doen. En je advocate, mevrouw S., begrijpt het nu ook, kijk, ze lacht naar je vanaf het terras waar ze muntthee drinkt met de Marokkaanse buurtbrigade. Ze knikt trots: we moeten met iets goeds komen, Josha, iets waaruit blijkt dat je net als anderen functioneert, een bewijs van maatschappelijke vaardigheid. Ze knikt en zelfs haar kapsel blijft in model. En de bloemenbezorger... hij deelt rozen uit, hij doet wat hij het liefste doet: bloemen uitdelen. Vandaag hoeft hij niet aan zijn pas begraven kind te denken, of aan zijn ingestorte vrouw. Jij hebt hem iets gegeven, Josha, je hebt hem uit zijn stilte gehaald en nu loopt hij lachend bloemen uit te delen. *De zon klonk ritmisch, de muziek brandde fel. De mensen stonden als tafels en het eten wandelde rond.* Wat zeg je voor onzin, Josha. Ik liep naar een tafel, greep naar mijn hoofd en goot er koud water over. Verderop zat Luc, wat deed hij toch, met wie zat hij daar. Ik wilde erheen, naar Luc, nee, hij mocht me niet zien, niet nu, mijn kop barstte zowat uit elkaar, nu heel normaal en heel rustig en heel gewoon doen, Josha, heel gewoon; kijk goed naar de mensen om je heen, heel goed kijken hoe ze doen, dat kun jij ook.

Bouchard gaf me een duw. 'Nu al zo warm, madame Josha?' Hij had een theedoek om zijn hoofd.

'Staat je goed,' zei ik.

Hij stond achter de kraam en schikte schalen, keek of er dingen bijgevuld moesten worden. Bouchard zorgde voor veel eten. Niemand wist dat hij het bereidde. Een mens heeft recht op een geheim. Nog meer water over mijn hoofd. Ik rilde en liep naar het podium.

Peet van de cursussen kwam op me af. 'Bijna zover,' zei hij.

Ik wachtte achter het tentdoek. Daar stond de Soprani. Glasnost zat op de eerste rij. Hoe kon hij zo van me houden. Nee Josha, mensen houden van hun gedachten over jou. Liefde is een wasserette, stomerij, witte boorden, gestreken hemden.

Peet deed een hoofdknik naar me. Volksdansgroep Günayden hobbelde over het podium met luit en fluit. Flarden, wegzakkende vloeren, ver weg klonken stemmen, applaus, meisjes in wapperrokken vlogen langs me, Peet trok aan mijn mouw, kom maar, kom maar. Ik klom het podium op, liep iets omver, dat geeft niks, kan gebeuren, ga gewoon zitten, doe alsof, kijk ze niet aan, je bent hier niet, doe het gewoon. De balg viel met een zucht open. De microfoon stond goed. De akkoorden vlogen over het podium, langs het terras, over de hoofden van de bezoekers, van de afgevaardigden van de gemeente, langs het springkussen van de kinderen en voorbij de gevels. De ene na de andere smartlap jankte om aandacht. Verschrikkelijke verhalen, altijd die ellendige geliefden, rampzalige relaties, verloren zonen, mislukte carrières, hel en dood, maar oh wat klonk het mooi en zoet uit de buik van mijn lieve accordeon die met gierende halen de mensen tot zwijgen bracht en uiteindelijk met een lange zucht stilviel op mijn schoot. Wam!

Het publiek joelde en klapte.

Ik fluisterde onhoorbaar dankuwel.

De mensen klapten zo hard dat ik nog duizeliger werd. Ik struikelde toen ik opstond om de accordeon af te doen. Ik keek over het publiek heen, waar zat iedereen, gezichten vloeiden in elkaar over. Mijn benen zwiepten, ik greep me vast aan een microfoonstandaard.

Opeens stond Glasnost naast me. 'Kom maar, kom maar.'

Ik leunde op hem en liet me het podium af helpen. Achter het tentdoek gaf hij me een rechthoekige kus. 'Je was echt zo mooi.'

'Ik krijg wat van die zon. *Die Sonne scheint.*'

Hij hield me overeind en zei: 'Waar wil je naartoe? Zeg het maar, ik breng je.'

Er zat een echo in mijn hoofd. 'Ik wil naar Max.'

Het tentdoek wapperde tegen de wind in, mensen passeerden, geluiden kaatsten heen en weer door mijn hoofd.

'Heb je iets gedronken?' zei Glasnost bezorgd.

Ik schudde mijn hoofd. 'Ik snap er niks van.' Ik moest echt naar Max. Wie paste er op hem. Waar had ik hem het laatst gezien. Niet in het publiek, dat alle kanten op bewoog. Ik werd gek van die gezichten. Kende ik die mensen? Ik maakte me los uit Glasnost's armen en wurmde me tussen mensen door om bij het springkussen te kijken; kinderhoofdjes vlogen door de lucht, kleine voeten sprongen op en neer, hoge stemmetjes gilden en lachten. Waar was Max? Ik liep tegen de stroom mensen in. Tegen het geluk van de groep. Daar was de kraam van Bouchard weer. Bouchard was onaanspreekbaar; de wethouder zou op het podium komen, hij sprak er al dagen over, maar verviel dan weer in vaag gemompel. De wethouder, die hij haatte. Glasnost stond opeens weer achter me en zoende me.

Ik zei: 'Je zoenen maken me verlegen. Je maakt meer van me dan ik ben.'

'Dat is liefde,' zei hij.

'Maar ik ben niet meer,' zei ik. Wat was ik moe, moe.

Hij lachte en legde zijn handen op mijn kont. Ik kreeg het nog warmer. Op het terrasje zat de bloemenbezorger. Hij deed zich te goed aan roze taart. De vrouwen lachten vanonder hun strakke hoofddoeken. Ik liep erheen en vroeg de bloemenbezorger of alles naar wens was.

Hij zei: 'Dit is het leukste feest sinds tijden.'

De vrouwen streelden zijn knieën en lachten.

Ik vroeg of hij mijn zoontje had gezien.

Hij zei: 'Nee, nee. Maar ik wil hem graag zien, breng hem straks even bij me.'

Toen liep ik verder, langs de hotdogkraam, langs de koffietent, om de infostand van het buurtwerk heen, en ik ging het buurthuis binnen. Doris zat aan een tafeltje te schrijven.

'Heb je Max gezien?' vroeg ik.

'Nee,' zei ze verbaasd, 'die was bij Marakech.'

'Natuurlijk. En waar is Marakech?' vroeg ik.

'Dat weet ik niet,' zei ze, 'ik ben nog bezig met de toespraak voor straks, voor Grotenbroek.'

Ik ging voor de zoveelste keer naar Bouchard en vroeg: 'Heb je Marakech gezien?'

Hij riep dat zijn hartige taarten uitzonderlijk, extraordinaire goed gelukt waren en vroeg of ik wilde proeven.

'Waar is Max?' vroeg ik.

'Max,' zei hij, 'je zoontje.'

'Mijn zoontje.'

'Ik weet het niet,' zei hij, 'ik heb het hier druk, met het eten, de mensen genieten van het eten, zie je dat.'

Ik zocht verder, botste tegen mensen op, struikelde over snoeren en bereikte langs bezwete ruggen en geparfumeerde boezems het huis.

* * *

'Marakech, zijn jullie hier?' riep ik de gang in.

Ik keek in de keuken: een ravage van pannen, schaaltjes en snijplanken. Toen liep ik de woonkamer in. Eigenaardige stilte.

'Max, jemig, ik zoek je, waar zat je?' Ik plofte naast hem neer op de bank. Hij zat met zijn knuffel tegen zich aan. Max, een heel weekend. Wat deed hij toch vreemd. 'Schatje, ga je nu mee naar buiten, dan gaan we springen.'

'Niet.'

'Nu al moe?' vroeg ik.

Hij knikte en viel tegen me aan. 'Au,' zei hij, 'hier au.'

Ik legde mijn hand op zijn buik. 'Niet zoveel snoep eten,' zei ik. 'Heeft Marakech je snoep gegeven?'

Hij schudde zijn hoofd.

'Goed zo. Het gaat over.'

* * *

Hij bleef maar au zeggen. Kom, naar buiten. Nee, geen denken aan. Mijn hoofd draaide weer. Ik wilde naar het feest, de mensen, iedereen is er, iedereen is samen. Buiten op het podium hoorde ik Doris toeteren door de microfoon.

'Oké,' zei ik en raapte het gouden lint op. 'Jij mag deze even hebben, ik kom zo terug.' Hij kon lekker op de bank blijven. Hij snikte en zakte hangerig onderuit.

Ik haastte me de staat op, wurmde me tussen de bezoekers door en ging naar het podium. Bouchard rende langs en zei: 'Nu komt het. De wethouder. Waar is Marakech?' Hij verdween naar zijn huis. Ik begreep er niks meer van. Mijn hoofd werd steeds zwaarder, had ik koorts of zo. Glasnost stond achter me en wreef over mijn heupen. Hij kuste mijn hals en zei dat ik een ster was, hoe had ik dit georganiseerd, wat was ik knap. Zijn woorden raasden door me heen. Al die complimenten, die aandacht. Ik voelde me beroerd, ik begreep niet dat hij opeens zo van me hield. Houden van kon je pas na heel lang. Na jaren. Als je alles van iemand had gezien; en meestal wilde je dan de benen nemen, want alles is veel.

Applaus. Doris roemde de Bloemenbuurt en de Rozenstraat. Ze bedankte de vrijwilligers. De medewerkers. Speciale dank voor Marakech en Theo en Bouchard. Die kwam teruggerend en fluisterde hijgend iets in het oor van Glasnost. Samen verdwenen ze, terug naar zijn huis. Alles tintelde in me, het tolde en suisde. Het publiek was om me heen, en heel ver weg. Hup, daar was Bouchard weer: 'Je moet naar je zoon.'

'Wat is er?' vroeg ik.

'Glasnost is erbij,' zei Bouchard.

'Dan is hij in goede handen,' zei ik.

Hij gaf me een por in mijn zij. 'Josha, je zoon is ziek, merde.' Hij keek me zo woedend aan dat ik rechtsomkeert maakte en weer tegen de mensen in liep, terug naar het huis, waar het nog steeds eigenaardig stil was.

Glasnost boog zich over Max.

'Zo,' zei ik en keek van een afstandje naar de bank. 'Wat een toestand. Hij is niet lekker, hè?

'Kalm, kalm,' zei Glasnost. Eindelijk kon hij een dokter zijn. 'Pak eens een emmer,' zei hij.

Een emmer, mijn god, een emmer. Ik zocht in de keuken tussen de kookspullen, tussen het vaatwerk, de klerebende van het feest. Ik voelde me misselijk, jezus, Josha, je hebt geen druppel gedronken, je bent gewoon bezopen van je geluk. Uit de woonkamer klonk gehuil en toen de rustige stem van Glasnost. Snel kieperde ik het afwasteiltje leeg en bracht het naar Glasnost. Mijn maag protesteerde. 'Wat heeft hij?'

Glasnost zei: 'Rustig, rustig, goed zo, goed zo.'

Helemaal niet goed zo, goed zo.

Hij hield Max voorover en liet hem in het teiltje spugen. Max gaf over in bruin en groen. Ik rende de gang op. Paniek! Kalm blijven, Josha. Waarom eigenlijk. De woonkamer weer in. 'Wat is er toch,' zei ik. 'Heeft hij iets gegeten?' Lieve help, wat kon dat kind kotsen. Glasnost gaf me het teiltje en zei: 'Wil je dit even in de wc doen.'

Oké. Een volgekotst afwasteiltje in mijn handen. Niet flauwvallen, Josha, dit is normaal, peuters worden ziek, en altijd op een feest. Vergeet het feest, jullie gaan dadelijk naar huis; Max naar bed, Glasnost en jij op de bank.

Glasnost tilde hem op en nam hem mee naar de wc. Alles rook naar zuur, camembert, aangebrande pindasaus, tien jaar oude erwtensoep, rottende aardappels. 'Eh. Heeft hij ook diarree?' vroeg ik en zette het teiltje onder het muizentheater. Ik ging de gang op en hoorde hen in de wc.

'Je zoon is erg ziek,' riep Glasnost. 'Bel een ambulance.'

Ik liep bibberend naar het keukentje. 'Een ambulance? Dat doen we niet voor een buikgriepje, hoor.'

Glasnost stak zijn hoofd uit de wc. 'Dat doen we wel,' zei hij resoluut. 'Dit kind heeft hoge koorts en verliest veel vocht. Zijn pols is veel te snel. Bel een ambulance, Josha.'

Ik trilde en beefde. Oké, gewoon een ambulance bellen. Geen probleem. Ik liep terug de kamer in, sloeg mijn handen voor mijn mond vanwege de lucht en greep het toestel van Bouchard.

1-1-2. 'Het is hier nogal druk, er is een buurtfeest.'

Terug naar de keuken. Doekje, doekje, nat maken, verkoeling geven. 'Kijk eens, misschien helpt dit.' Ik stak mijn arm uit en gaf het doekje aan Glasnost.

Max zat met zijn hoofd boven de wc en er lag ontlasting op de vloer. Hij hoestte en proestte en riep mama.

Ik kon me niet meer bewegen. Glasnost zat op zijn hurken en zei lieve dingen tegen Max. Ik kreeg bijna geen lucht. Ik wilde iets zeggen maar ik kreeg het er niet uit. Mama. Dat hij me alsmaar riep moest iets betekenen: ik was niet bij hem. Ik zat niet op mijn hurken, ik zei geen lieve dingen en hield hem niet vast. Vijf rollen wc-papier in het rek aan de muur.

Glasnost begreep er niets meer van en trok de deur weer dicht. Toen rende ik naar de woonkamer en begon met thee-doeken het overgeefsel op te dweilen. Terwijl ik over de vloer kroop, hield ik mijn adem zo lang mogelijk in. Tellen, tellen, tel de stoelpoten voor mijn part. Wat lag daar toch op de grond. In de achterkamer lag de vitrinekast half omver; de vloer was bezaaid met mycologie. Wat was hier gebeurd vandaag? Oké, dat ook opruimen, alles schoon en netjes. Ik kroop over de vloer, alle vlekken weg, kijk eens aan: het gifkistje, leuk, hele-maal leeg, opruimen, kots dweilen, vlekken uitboenen, nieuw sop, meer, meer, alles moet weg.

'Mama!'

De kalme stem van Glasnost, met zijn rollende r. Totdat de ambulance kwam. Toen werd alles anders. Max werd in de woonkamer gelegd. Betast, onderzocht. Twee gele pakken, apparatuur, moderne techniek, gedoe, blijf van mijn kind af, pardon mevrouw, mogen we even. 'Bent u de moeder?' zeiden ze.

'Ja.'

'Dan bent u zeker de vader.'

Glasnost schudde zijn hoofd en zweeg.

'Wie van u gaat mee naar het ziekenhuis?' Ze tilden Max op de brancard, wat zag hij eruit, ze dekten hem toe, bakje bij zijn mond, veegden zijn gezicht schoon.

'Zijn knuffel,' zei ik en legde de beer bij zijn hand.

'Wat is er gebeurd?' vroegen ze.

Hij werd opeens ziek. Zomaar. Glasnost legde een hand op mijn arm. 'Mevrouw is overstuur,' zei hij. 'We zijn de hele dag druk, ze is moe, moe.'

'Misschien iets verkeerd gegeten,' zei een van de broeders.

'Ja, ik denk het.' Daar begon het klappertanden weer. Misschien werd ik ook ziek.

'Nou, dan gaan we,' zeiden ze.

Max huilde en spuugde naast het bakje.

Glasnost zei: 'Ga mee, bel me straks.'

'Mijn accordeon,' zei ik. 'Mijn accordeon.'

Glasnost knikte en toen volgde ik de gele pakken mee naar buiten. Ik ging duizelig tegenover de broeder zitten. Max rilde.

'Dat noem ik nog 'ns een feest,' zei de broeder terwijl de wagen startte.

'Ja,' zei ik. 'Zeg dat wel.'

***

In het ziekenhuis kreeg ik een pil die me slaperig maakte, dus misschien zeg ik dingen nu verkeerd. Alles komt in flarden terug. Bouchard belde op mijn mobiel, maar ik weet niet meer hoe laat. Hij had het maar over Marakech. Een chaotisch gesprek. Hij deed korte mededelingen over de wethouder. Hij klonk gejaagd. Ik kon het niet aanhoren en toen viel mijn mobiel ook nog op de grond.

Glasnost kwam langs en zei dat ik de vader van Max moest bellen. Maar Erik zat in Parijs met Hilde. Hem inlichten was hetzelfde als levenslange gevangenisstraf.

'Waarom,' zei Glasnost niet-begrijpend. 'Je bent een geweldige moeder.'

'Weten ze al wat hem zo ziek, zo ziek maakt,' vroeg ik zenuwachtig.

'Ze onderzoeken het braaksel,' zei Glasnost kalm.

Ik heb een stretcher en een deken gekregen. En een kop koffie en een broodje kaas. Ik heb acht keer mijn handen gewassen voordat ik een hap naar binnen kreeg. Met Glasnost naar beneden gelopen en in de hal gefluisterd: dat het goed kwam.

***

De avond viel. Boven de stad verscheen een krans van licht. Vanaf de achtste verdieping had ik een verpletterend uitzicht. Ik zat bij het bedje met spijlen en keek naar Max. Ik wachtte bij het bedje maar ik wist niet waarop. Ik keek hoe hij sliep en droomde.

Tegen het bedje van Max leunen en de hele tijd naar hem kijken; hoe klein zijn nageltjes waren, hoe dromerig, ontspannen hij erbij lag, hoe goudkleurig zijn haar was, dat hij ontelbaar veel sproeten rond zijn neus had, zijn erg kleine oortjes. Ik keek nog meer; zijn perfect gevormde lippen, blauwig nu. Zijn erg lange, zwarte wimpers. Ik kon mijn ogen niet van hem afhouden. Ik zag ook zijn razernij, hoe hij me soms getrapt en geschopt had, hoe hij zich hees krijste in bed, hoe hij onbegrijpelijk veel zin in het leven had, zo onbesuisd van de ochtend hield, van de kleine wandelingetjes naar de bakker, langs de stoplichten, naar de speeltuin, naar het veldje om Erik te zien voetballen, zijn gelukzalig lachen tijdens een badje met Zwitsal-olie, zijn intense oogopslag als hij de borst kreeg. Mama. Zolang kijken. Tot mijn buik krampte en hijgde, ik mezelf hoorde kreunen, tot ik over de spijlen klom en naast hem ging liggen, zodat ik mijn gejank in de lakens kon smoren.

***

Ik schrok wakker van het gebrom van mijn mobiel. Waar was ik? Ik vloog overeind, klom uit het bedje en nam op. Bouchard klonk als een ouwe zaag in mijn oor.

'Madame Josh, hoe gaat?'

'Bouchard, het is midden in de nacht.'

'Ik weet,' zuchtte hij. 'Ik kan niet slapen.'

'Ik slief wel.'

'Ik denk aan u, Josha.'

'Hoe was het?'

Er viel een stilte waarin alleen onze ademhaling klonk. Het feest, dat leek weken geleden. Waar ging het ook alweer over. Over een straat die niet weg wilde, die oud, moe, en lelijk wilde zijn. Gewoon, een straat met mensen die er woonden en hun dingetjes deden.

'Ja, dat feest was goed,' zei hij toen.

'Heeft de wethouder – '

'Ja,' zei Bouchard. 'Ze gaan de renovatie uitstellen.'

'Jezus.' Ik viel op de stretcher, die bijna dubbelklapte. 'Dat is echt... goed. Dus we hebben. Jullie hebben iets bereikt.'

Er klonk een afschuwelijk diepe zucht.

Het bedje bewoog. Max had een soort kramp in zijn benen. De apparaten piepten. Rode lampjes flakkerden op. Ik legde mijn hand op zijn buik. 'Max is bij me.'

Het leek of er aan de andere kant van de lijn gesnikt werd. 'Josha, nog iets. Ik begrijp niks van. Ik zoek Marakech de hele dag. Heb je haar gezien?' Hij klonk nerveus.

'Wat is er gebeurd, vanmorgen, toen jullie al dat eten maakten?'

'Niets, niet dat ik weet,' zei hij.

'Word wakker, Bouchard. Heb je iets gezien? Gehoord? Was er iemand bij haar? Hadden jullie ruzie?'

Het was een tijd stil. Ik had zin in een peuk. Op de gang liep een verpleegster op piepschoenen. In de verte sloeg een deur dicht.

'Ik vroeg haar,' mompelde hij toen.

'Wat vroeg je haar.'

'Trouwen,' zei hij.

Idioot, dacht ik. Papkind. Het was een spelletje. Marakech leefde in leugens. Als zij en ik iets gemeen hadden, was het dat; maak er een spelletje van en alles wordt draaglijk. 'Je kent haar twee maanden,' zei ik. 'En je wilt trouwen.'

'Veel mensen doen zoiets,' zei hij.

Ik stond op van de stretcher en liep de gang op, naar de liftenhal. Ik ging zitten op een rolstoel en wreef in mijn ogen vanwege het felle licht. De verpleegster met piepschoenen kwam langs en vroeg of alles goed ging. 'Waarom moest je dat vragen.'

'Madame Josh, we hadden echt een mooie tijd. Zij is het,

met haar ga ik verder.'

'Als je haar ooit nog terugvindt,' snauwde ik. 'De groeten.'

Ik liep naar de rookkamer en stak een sigaret op. In de donkere ramen zag ik mijn spiegelbeeld. Overal spierpijn, mijn ogen dik en branderig en mijn hoofd een wattenbol. Marakech; de laatste die bij Max was geweest, vanmorgen. Hoe zat het toch. Flarden in mijn kop. Een dansje, een feestlint, het podium, mijn optreden, applaus, koud water op mijn hoofd. Door de grote ramen, voorbij mijn spiegelbeeld, zag ik de nacht, de lichtjesstad in de nacht. Daar ergens, achter het gebouw van Nationale Nederlanden, lag de Bloemenbuurt. Daar was de Rozenstraat. En ergens, ergens fietste Marakech, ze fietste of haar leven ervan afhing. Ze racete over de Boulevard, in een theaterstuk, onder haar chador, op zoek naar die ene minnaar aan wie ze ooit haar linkerschouder had getoond, de minnaar die de littekens op haar buik met zijn handen had toegedekt. De sigarettenrook kringelde langs de ramen omhoog. Ik staarde over de stad en realiseerde me dat ik dit uitzicht nooit aan Max kon laten zien. Ik zakte ineen tegen de radiator en begon weer te janken.

***

Vroeg in de ochtend kwam iemand hem wassen. Hij was niet wakker. Glasnost bracht schone pyjama's en knuffels. Hij trok me tegen zich aan en zoende mijn gezicht. We stonden naast het spijlenbedje en knepen in elkaars hand. Ik voelde me vies en plakkerig. Ik boog me over het bedje en fluisterde woordjes tegen Max. Wat is het makkelijk om voor iemand te zorgen die niets wil, die alleen zacht en hulpeloos is. Zijn voorhoofd voelde warm en er kwam een bedorven vislucht uit zijn mond. De verpleegster stelde de apparatuur bij en hing een nieuwe zak aan het infuus. Weer later kwam de arts en vroeg hoe het met ons ging.

Glasnost en ik gingen zitten en staarden voor ons uit.

De arts zei: 'Uw zoontje heeft een ernstige vergiftiging. Bent u voorbereid?'

Ik keek naar de benen van de arts.

Glasnost vroeg: 'Wat bedoelt u, vergiftiging. Hoe kan dat. Er is geen gif in deze land.'

'*Dit* land,' zei ik zacht.

De arts pakte een pen uit zijn borstzak en begon zijn verhaal. 'Nee, er bestaat geen gif in dit land. Wel gevaarlijke stoffen. Die zitten soms in schoonmaakmiddelen. Medicijnen.' Zijn pen viel op de grond. 'Of. In paddestoelen.' Hij nam ons onderzoekend op. 'Is uw zoontje gisteren in de duinen geweest? Een bos?'

Ik schudde doodmoe mijn hoofd.

'Vreemd,' zei de arts. 'De resultaten wijzen op amatine. Dat zit in knolamanieten. Die zijn tamelijk zeldzaam en zeer giftig. Je moet het echt weten, bedoel ik, je plukt ze niet in het park.'

Ik voelde me misselijk.

Glasnost keek bezorgd van de arts naar mij. 'Josha, schat, wat is gebeurd.'

'Ik weet het niet. Een ongeluk.'

De arts vroeg door. 'Wonen er dealers in die straat, kan het zijn dat hij – '

Ik schudde mijn hoofd. 'Nee, dat kan niet, dat kan gewoon niet.'

De arts keek wantrouwig. 'Hoe weet u dat zo zeker?'

'Ik ken de straat, de mensen. Ze zijn gek, maar niet achterlijk.'

'Maar wie heeft uw zoon het laatst gezien, gesproken?'

'Ik had een optreden. Toen was hij met... hij werd opgevangen door een vriendin.'

'Kan het zijn dat zij...'

'Nee, dat kan niet,' snauwde ik. Ik rilde van de kou. 'Ze is de liefste meid die ik ken. Ze gebruikt geen drugs. Niks.'

'Het probleem is,' vervolgde de arts, 'dat er geen antigif bestaat.'

Glasnost boog hij zich naar mij en fluisterde: 'Josha, gaat het?'

'Ik weet het,' zei ik.

'U weet het?' De arts pakte een stoel, ging zitten.

'Ik bedoel: ik weet dat u hem niet kan redden.'

'Oh, bedoelt u dat.'

Glasnost streelde mijn arm.

De arts zei dat het een onderzoek zou kunnen worden.

'Nee,' zei ik.

'Maar lieve schat,' zei Glasnost zacht.

'Nee,' riep ik, 'geen politie. Hij gaat dood. Zoekt u een dader? Ik ben het. Neem mij. Ik heb het gedaan.'

'Josha, je praat wartaal,' zei Glasnost. 'Hou op, hou op. Ik kan het niet horen.' Hij stond op en trok de arts mee de gang op. Even later kwam de verpleegster en gaf me een pilletje.

'Ik hoef geen pilletje.'

'U bent moe.'

'Ik ben niet moe,' zei ik en duwde haar opzij. 'Ik ben verdrietig. Maar dat geeft niet. Laat me. Ik was al heel lang verdrietig. Maar nu weet ik waarom. We zijn zo met ons eigen ding bezig. Al die maanden rende ik van hot naar her, in de hoop dat ik een goede moeder zou zijn. Ik wilde Marakech, ik wilde het echt een keer goed doen. Als ik maar dit en als ik maar dat... dan zou die TOOM herzien worden. Ik had nooit moeten tekenen. Maar die TOOM haalt niks uit. Als ik me niet zo druk had gemaakt. Bouchard... Niet zo close met Marakech... Met Doris... als ik...'

'Word maar even rustig,' zei de verpleegster.

'Ik ben rustig, trut. Laat me praten. Ik maak me druk om Bouchard. Om Marakech. Kent u de tien tips, om te leven? Nee, nou dan. En dat alles, alles om Max te winnen, om het verdriet stuk te slaan. Nou, dat is gelukt: hij ligt hier. Dichterbij dan ooit.'

'Is die man de vader?' vroeg de verpleegster. Ze zette een glas water op het tafeltje, met het pilletje.

'Nee,' zei ik. 'De vader is er niet.'

'Kan ik nog iets voor u doen, mevrouw?' vroeg ze toen.

'Nee, niets.' Ze had heel glad geschoren benen. Ik legde mijn hand op Max' buik en wachtte tot de verpleegster weg was. Toen klom ik weer op het bedje. Dichtbij zijn. Glasnost kwam terug. 'Hij krijgt morfine.'

Ik besnuffelde Max, hij rook naar zuur en vis en antibiotica. Ik aaide zijn pluishaar en likte zijn oorlel. 'Alles komt goed.' Zijn gezicht was nat van mijn gesnotter.

Glasnost boog zich over het bed en nam me in zijn armen. Ik hield me slap als een pop. 'Zal ik hier waken?' zei hij. 'Dan kun je even naar huis. Even rusten.'

'Ik hoef niet te rusten,' zei ik. Ik was klaarwakker.

Hij slaakte een zucht.

'Luister goed,' zei ik. 'Ik wil iemand spreken.'

'Je moeder, je moeder,' gokte hij.

'Marakech.'

Hij nam mijn gezicht in zijn handen en zoende me rechthoekig.

Ik leunde tegen hem aan en rook koffie. 'Ik wil Marakech spreken.'

Ik weet niet hoe hij het voor elkaar heeft gekregen. De volgende nacht. Alles was donker en sliep; daar kwam Marakech. Ze stond over ons heen als een schaduw.

'Jezus,' zei ik.

'Sssst,' deed ze.

Ze ging op de stretcher zitten en staarde ons aan.

'Roken,' zei ze toen.

'Ik kan niet weg,' zei ik. 'Dan wordt hij koud.' Ik kroop nog dichter tegen Max aan. 'Waar zat je,' zei ik.

Ze slikte. 'Josha, ik was heel druk. In de keuken. Ik moest zoveel dingen snijden, hakken, roeren, koken. Soms kwam Bouchard. Hij was gelukkig, ik denk. Hij lachte zo blij. Hij vroeg of we wilden trouwen. Ik werd zenuwachtig. Iedereen zit aan me. Ik was bang. Ik roerde en sneed en waste de sla. Veel kroppen. Max kwam helpen, kijken. Hij speelde echt zoet, met pannen en pollepels. Toen ging de mobiel: mijn neef weer. Ik zei het was te druk. Veel te druk. Max rende van de kamer naar de keuken. Ik zette ovenschotels in de kamer, ik zette alles op die eettafel. Toen zag ik: die kast lag omver. Ik dacht over Bouchard, over het trouwen. En mijn neef belde weer. Ik werd gek van. Ik ging gooien met kroppen sla, rende de tuin in en ik keek naar zijn plastic bloemen, ik dacht: soms zou handig zijn als mensen ook plastic waren. Als je even kon wegzetten.'

'Waar zat je,' zei ik weer.

Ze verborg haar handen in haar gezicht en kreunde.

'Zeg het,' zei ik.

Ze keek wanhopig op.

'En toen?' vroeg ik. 'Zeg op. En toen.'

'Toen kwam Max naar mij, en hij zei: eten. Hij trok me

mee, de kamer. En hij wees: de vloer. Ik begreep niet. En toen ik eindelijk begreep, kreeg ik paniek.'

'Vertel. En toen?!'

Ze huilde en schudde haar hoofd. 'Meer is er niet. Meer weet ik niet.'

'Jawel, je was bij hem,' snauwde ik. 'Zeg het. Zeg voor één keer de waarheid. Als je een vriendin bent. Zeg het me.'

'Ik ben weggegaan,' zei ze.

Ik beet in de lakens en stompte het matras.

'Josha, sla mij. Dit is waar. Ik kan niet met dit verder. Met al die dingen. Ik kan niet blijven.'

'Nee,' riep ik. Ze moest goed onthouden: het was een ongeluk, begrepen, een ongeluk, een ongeluk.

Ze schudde haar hoofd.

'Marakech, weet je nog wat je schreef, in je eerste opdracht? Zo'n cv'tje. Je wilde vliegen. Je had het maar over de duikvlucht van valken. Over neerstorten. Stil. Jezus, ik heb alles liever, alles liever dan dat liegen.'

Ze stak een sigaret op. Ja, ze wilde vrij zijn. Maar bij haar, waar ze vandaan kwam... Ze rookte. 'Hoe vrijer ik doe, hoe meer ik die kooi weer voel.'

'Hou op,' zei ik. 'Onzin. Je begint net.'

De verpleegster kwam binnen en viste de sigaret uit de vingers van Marakech. Ze smeet de peuk in de wastafel. Toen controleerde ze de monitoren. 'Het gaat niet goed,' zei ze. 'Hij valt weg.'

Ik ging wat opzij liggen. Mijn buik kneep samen.

Marakech greep mijn hand. Ik ging zitten en bekeek het kleine kind. Ik had hem gedragen, gebaard als een kokosnoot, gevoed, verloren. Weer terug. 'Marakech,' zei ik, 'dit is geluk.' En ik aaide Max weer.

'Wat?'

Ik wees naar Max. De verpleegster sloop de kamer uit.

'Wat?' vroeg ze.

'Ik heb mijn kind.'

'Ben je gek ofzo,' riep ze.

'Stil,' zei ik. 'Dit is het. Intimiteit. Zo dichtbij is hij nooit geweest.'

Marakech boog zich over het bed en sloeg haar arm om me heen. 'Hou je mond.'

'Nee,' zei ik, 'echt. Je hebt er niets over te zeggen. Als moeder, bedoel ik. Nu pas, hier, is hij van mij.'

Marakech omhelsde me en ik rook haar tabakslucht.

'En nog iets,' zei ik.

'Wat nog, schat,' zei ze en zoende mijn wangen.

Ik duwde haar opzij. 'Weet je nog dat je over tien tips schreef?'

Ze dacht even na. 'Natuurlijk, de tien tips.'

'Ik heb ze gebruikt.'

Haar mond viel open. 'Maar. Kan niet.'

Waarom kon dat niet?

'Dat zijn onze tien tips,' zei ze.

'Wat bedoel je *onze*?'

'Voor moslimmeisjes.'

Het was de brief van Ayaan, zei ze, de brief in *De maagdenkooi*. Ze had haar gesproken, in een van de schuilhuizen. De brief was een pamflet voor moslimmeiden; de tips waren bedoeld als richtsnoer voor meiden die van huis wilden vluchten.

'Ayaan Hirsi Ali.' Ik hoorde Luc al: heb jij nagevraagd hoe jouw cursiste aan die tien tips komt, Josha? Heb je enig idee welke *filosofie* je naleeft?

Marakech schoot in de lach. Ik moest ook lachen. We zaten te giechelen op het bedje van Max en de verpleegster stak haar hoofd om de deur. 'Willen de dames misschien iets drinken?'

'Ja,' zeiden we tegelijkertijd, 'koffie graag.' We bleven maar giechelen en het veranderde in de slappe lach. Maar we mochten niet lachen. Max ging er heel stil vandoor, in de maanloze nacht. De monitor liet rare lijntjes zien. Af en toe schokte zijn lijfje. We zaten te gieren tot we er buikpijn van kregen.

'Ik heb een vluchtplan van Hirsi Ali gevolgd,' zei ik.

'Ja,' zei Marakech. 'Je bent gek. Voor wie moet jij vluchten.'

'Misschien voor hetzelfde als jij,' antwoordde ik. Het geluk van de groep.

'En,' vroeg ze. 'Hebben tips geholpen?'

'Geen centimeter,' zei ik.

We gierden nog harder.

'Nee,' snikte ze, 'kan ook niet. Zijn voor mij bedoeld. Jij hebt zo andere cultuur. Jij bent wie je bent en dat is goed. En iedereen om je heen vindt dat goed. Zelfs ook al ben jij gek. Maar ik...' Ze veegde de tranen van haar gezicht. Zij moest weg van familie, van huis, van alles dat haar Marokkaans maakte en opsloot.

'Dat is je gelukt,' antwoordde ik. En nu zou ze weer weggaan?

'Ik ga niet terug naar familie,' zei ze opeens beslist. 'Ik ga niet terug naar oude leven. Maar ik wil naar mijn kind, zoals jij. Dat begreep ik in de tuin, bij Bouchard, toen ik op Max paste. Toen alles fout ging.'

Ik greep naar mijn buik en kromp ineen. Max zuchtte en de monitor gaf een rechte lijn. De verpleegster kwam binnen en controleerde de apparatuur, daarna het kind.

Marakech zei: 'Alstublieft, mevrouw, maakt u die dingen los. Kan dat?'

De verpleegster keek schuin naar mij. En naar Max. 'Ja,' zei ze toen. Ze voelde nog een keer zijn pols, zijn hart, zijn hals. En zette alle apparatuur uit. Klik-klak. Ze maakte snoeren los, pulkte de infuusnaald uit zijn huid, verwijderde pleisters en slangetjes. Het werd doodstil. De nacht zweefde door de ramen naar binnen. Het was zo donker. Ik ken je nog maar net, en nu al val je weg. Voorzichtig tilde de verpleegster hem omhoog. Ik schoof op en toen legde ze Max op mijn schoot, terug. Hij paste precies, als een wassende maan.

Marakech vroeg of ze weg moest.

'Blijf. En niet alleen nu.'

Ze begon te neuriën, te rollen met haar tong.

De verpleegster liep achteruit en verdween naar de gang. Ik drukte Max tegen mijn borst en zei: 'Nu was ik bij tip tien.'

Marakech liet haar tong rollen en het klonk als een zandstorm. Ogen dicht. Tegen de storm in. Soms hou je zoveel van iemand dat je de nooduitgang neemt. Ze gaf me een kus. Toen liep ze de kamer uit.